W. Hauff.

Wilhelm Hauff

Die Bettlerin vom Pont des Arts

Vitalis

Die Deutsche Bibliothek – CIP-Einheitsaufnahme
Ein Titeldatensatz für diese Produktion ist bei
der Deutschen Bibliothek erhältlich.

Dieses Buch entstand im Rahmen einer Zusammenarbeit der Verlage
Vitalis s. r. o., Prag und Vitalis GmbH, Furth im Wald.

Als Vorlage diente die im Karl Prochaska Verlag,
Leipzig – Wien – Teschen, o. J., erschienene Ausgabe,
Orthographie und Zeichensetzung
wurden behutsam dem heutigen Gebrauch angeglichen.
Die Illustrationen und das Umschlagblatt fertigte der Maler
Karel Hruška eigens für diese Ausgabe.

Den Druck besorgte die Druckerei
Finidr in Český Těšín.

ISBN 3-89919-011-4
ISBN 80-7253-036-4

www.vitalis-verlag.com

Erstes Kapitel

Wer im Jahre 1824 abends hie und da in den Gasthof „Zum König von England“ in Stuttgart kam oder nachmittags zwischen zwei und drei Uhr in den Anlagen auf dem breiten Wege promenierte, muß sich, wenn anders sein Gedächtnis nicht zu kurz ist, noch einiger Gestalten erinnern, die damals jedes Auge auf sich zogen. Es waren nämlich zwei Männer, die ganz und gar nicht unter die gewöhnlichen Stuttgarter Trinkgäste oder Anlagenspaziergänger paßten, sondern eher auf den Prado zu Madrid oder in ein Café zu Lissabon oder Sevilla zu gehören schienen. Denket euch einen ältlichen, großen, hageren Mann mit schwärzlichgrauen Haaren, tiefen, brennenden Augen von dunkelbrauner Farbe, mit einer kühngebogenen Nase und feinem, eingepreßtem Munde. Er geht langsam, stolz und aufrecht. Zu seinen schwarzseidenen Beinkleidern und Strümpfen, zu den großen Rosen auf den Schuhen und den breiten Schnallen am Kniegürtel, zu dem langen, dünnen Degen an der Seite, zu dem hohen, etwas zugespitzten Hute mit breitem Rande, schief an die Stirn gedrückt, wünschet ihr, wenn euch nur einigermaßen Phantasie innewohnt, eine kurzes, geschlitztes Wams und einen spanischen Mantel statt des schwarzen Frackes, den der Alte umgelegt hat.

Und der Diener, der ihm ebensostolzen Schrittes folgt, erinnert er nicht durch das spitzbübische, dummdreiste Gesicht, durch die fremdartige, grelle Kleidung, durch das ungenierte Wesen, womit er um sich schaut, alles angafft und doch nichts bewundert, an jene Diener im spanischen Lustspiel, die ihrem

Herrn wie ein Schatten treu, an Bildung tief unter ihm, an Stolz neben ihm, an List und Schlauheit über ihm stehen? Unter dem Arme trägt er seines Gebieters Sonnenschirm und Regenmantel, in der Hand eine silberne Büchse mit Zigarren und eine Lunte.

Wer blieb nicht stehen, wenn diese beiden langsam durch die Promenade wandelten, um ihnen nachzusehen? Es waren aber bekanntlich niemand anders als Don Pedro de San Montanjo Ligez, der Haushofmeister des Prinzen von P., der sich zu jener Zeit in Stuttgart aufhielt, und Diego, sein Diener.

Wie es oft zu gehen pflegt, daß nur ein kleines, geringes Ereignis dazu gehört, einen Menschen berühmt und auffallend zu manchen, so geschah dies auch mit dem jungen Fröben, der schon seit einem halben Jahre (so lange mochte er sich wohl in Stuttgart aufhalten) alle Tage Schlag zwei Uhr durch das Schloßportal in die Anlagen trat, dreimal um den See und fünfmal den breiten Weg auf- und niederging, an allen den glänzenden Equipagen, schönen Fräulein, an einer Masse von Direktoren, Räten und Leutnants vorüberkam und von niemand beachtet wurde, denn er sah aus wie ein ganz gewöhnlicher Mensch von etwa achtundzwanzig bis dreißig Jahren. Seitdem er aber eines Nachmittags im breiten Wege auf Don Pedro gestoßen, solcher ihn gar freundlich gegrüßt, seinen Arm traulich in den seinigen geschoben hatte, und mit ihm einigemal, eifrig sprechend, auf und ab spaziert war, seitdem betrachtete man ihn neugierig, sogar mit einer gewissen Achtung; denn der stolze Spanier, der sonst mit niemand sprach, hatte ihn mit auffallender Ästimation behandelt.

Die schönsten Fräulein fanden jetzt, daß er gar kein übles Gesicht habe, ja es liege sogar etwas Interessantes, überaus Anziehendes darin, was man in den Anlagen eben nicht häufig sehe; die Direktoren und allerlei Räte fragten: „Wer der junge Mann wohl sein könnte?“, und nur einige Leutnants konnten Auskunft geben, daß er hie und da im Museum Beefsteaks speise, seit einem halben Jahre in der Schloßstraße wohne und einen schönen Mecklenburger reite, so ihm eigen angehörig. Sie setzten noch vieles über die Vortrefflichkeit dieses Pferdes hinzu, wie es gebaut, von welcher Farbe, wie alt es sei, was es wohl kosten könnte, und kamen so auf die Pferde überhaupt zu sprechen, was sehr lehrreich zu hören gewesen sein soll.

Den jungen Fröben aber sah man seit dieser Zeit öfter in Gesellschaft Don Pedros, und gewöhnlich fand er sich abends im „König von England“ ein, wo er etwas entfernt von anderen Gästen bei dem Señor saß und mit ihm sprach. Diego aber stand hinter dem Stuhle seines Herrn und bediente beide fleißig mit Xeres und Zigarren. Niemand konnte eigentlich begreifen, wie die beiden Herren eigentlich zusammengekommen, oder welches Interesse sie aneinander fanden. Man riet hin und her, machte kühne Konjekturen, und am Ende hätte doch der junge Mann selbst den Aufschluß darüber geben können, wenn ihn nur einer gefragt hätte.

Zweites Kapitel

Und war es denn nicht die schöne Galerie der Brüder Boisserée und Bertram, wo sie sich zuerst fanden und erkannten? Diese gastfreien Männer hatten dem jungen Manne erlaubt, ihre Bilder so oft zu besuchen, als er immer wollte; und er tat dies, wenn er nur immer in der Mittagsstunde, als die Galerie geöffnet wurde, kommen konnte. Es mochte regnen oder schneien, das Wetter mochte zu den herrlichsten Ausflügen in die Gegend locken, er kam; er sah oft recht krank aus und kam dennoch. Man würde aber unbilligerweise den Kunstsinn des Herrn von Fröben zu hoch anschlagen, wenn man etwa glaubte, er habe die herrlichen Bilder der alten Niederländer studiert oder nachgezeichnet. Nein, er kam leise in die Tür, grüßte schweigend und ging in ein entferntes Zimmer, vor ein Bild, das er lange betrachtete; und ebensostill verließ er wieder die Galerie. Die Eigentümer dachten zu zart, als daß sie ihn über seine wunderliche Vorliebe für das Bild befragt hätten; aber auch ihnen mußte es natürlich aufgefallen sein, denn oft, wenn er hinausging, konnte er nur schlecht die Tränen verbergen, die ihm im Auge quollen.

Großen historischen oder bedeutenden Kunstwert hatte das Bildchen nicht. Es stellte eine Dame in halb spanischer, halb altdeutscher Tracht vor. Ein freundliches, blühendes Gesicht mit klaren, liebevollen Augen, mit feinem, zierlichem Mund und zartem, rundem Kinn trat sehr lebendig aus dem Hintergrunde hervor. Die schöne Stirn umzog reiches Haar und ein kleiner Hut, mit weißen buschigen Federn geschmückt, der etwas schalkhaft zur Seite saß. Das Gewand, das nur den schönen zierlichen Hals frei ließ, war mit schweren goldenen Ketten umhängt und zeigte ebensosehr von der Sittsamkeit als dem hohen Stande der Dame.

„Am Ende ist er wohl in das Bild verliebt“, dachte man, „wie Kalaf in das der Prinzessin Turandot, obschon mit ungleich geringerer Hoffnung, denn das Bild ist wohl dreihundert Jahre alt und das Original nicht mehr unter den Lebenden.“

Nach einiger Zeit schien aber Fröben nicht mehr der einzige Anbeter des Bildes zu sein. Der Prinz von

P. hatte eines Tages mit seinem Gefolge die Galerie besucht. Don Pedro, der Haushofmeister, hatte die umherschreitende Schar der Zuschauer verlassen und besah sich die Gemälde, einsam von Zimmer zu Zimmer wandelnd; doch wie vom Blitze gerührt, mit einem Ausrufe des Erstaunens war er vor dem Bilde jener Dame stehengeblieben. Als der Prinz die Galerie verließ, suchte man den Haushofmeister lange vergebens. Endlich fand man ihn, mit überschlagenen Armen, die feurigen Augen halb zugedrückt, den Mund eingepreßt, in tiefer Betrachtung vor dem Bilde.

Man erinnerte ihn, daß der Prinz bereits die Treppe hinabsteige, doch der alte Mann schien in diesem Augenblicke nur für eines Sinn zu haben. Er fragte, wie das Bild hierhergekommen sei. Man sagte ihm, daß es von einem berühmten Meister vor mehreren hundert Jahren gefertigt und durch Zufall in die Hände der jetzigen Eigentümer gekommen sei.

„O Gott, nein!“ antwortete er, „das Bild ist neu, nicht hundert Jahre alt; woher, sagen Sie, woher? O, ich beschwöre Sie, wo kann ich sie finden?“

Der Mann war alt und sah zu ehrwürdig aus, als daß man diesen Ausbruch des Gefühles hätte lächerlich finden können; doch als er dieselbe Behauptung wieder hörte, daß das Bild alt und wahrscheinlich von Lukas Cranach gemalt sei, da schüttelte er bedenklich den Kopf.

„Meine Herren“, sprach er und legte beteuernd die Hand aufs Herz, „meine Herren, Don Pedro de San Montanjo Ligez hält Sie für ehrenwerte Leute. Sie sind nicht Gemäldeverkäufer und wollen mir dies Bild nicht als alt verkaufen, ich darf durch Ihre Güte diese Bilder sehen, und Sie genießen die Achtung dieser Provinz. Aber es müßte mich alles täuschen, oder – ich kenne die Dame, die jenes Bild vorstellt.“

Mit diesen Worten schritt er, ehrerbietig grüßend, aus dem Zimmer.

„Wahrhaftig!“ sagte einer der Eigentümer der Galerie, „wenn wir nicht so genau wüßten, von wem dieses Bild gemalt ist, wann und wie es in unseren Besitz kam und welche lange Reihe von Jahren es vorher in K. hing, man wäre versucht, an dieser Dame irrezuwerden. Scheint nicht selbst den jungen Fröben irgendeine Erinnerung beinahe täglich vor dieses Bild zu treiben, und dieser alte Don, blitzte nicht ein jugendliches Feuer aus seinen Augen, als er gestand, daß er die Donna kenne, die hier gemalt ist? Sonderbar, wie oft die Einbildung ganz vernünftigen Menschen mitspielt; und mich müßte alles täuschen, wenn der Spanier zum letzten Mal hiergewesen wäre.“

Drittes Kapitel

Und es traf ein; kaum war die Galerie am folgenden Vormittag geöffnet worden, trat auch schon Don Pedro de San Montanjo Ligez festen, erhabenen Schrittes ein und strich an der langen Bilderreihe vorüber nach jenem Zimmer hin, wo die Dame mit dem Federhute aufgestellt war. Es verdroß ihn, daß der Platz vor dem Bilde schon besetzt war, daß er es nicht allein und einsam Zug für Zug mustern konnte, wie er so gern getan hätte. Ein junger Mann stand davor, blickte es lange an, trat an ein Fenster, sah hinaus nach dem Fluge der Wolken und trat dann wieder zu dem Bilde. Es verdroß den alten Herrn etwas; doch – er mußte sich gedulden.

Er machte sich an anderen Bildern zu schaffen, aber erfüllt von dem Gedanken an die Dame drehte er alle Augenblicke den Kopf um, um zu sehen, ob der junge Herr noch immer nicht gewichen sei, aber er stand wie eine Mauer, er schien in Betrachtung versunken. Der Spanier hustete, um ihn aus den langen Träumen zu wecken, jener träumte fort; er scharrte ein wenig mit dem Fuße auf dem Boden, der junge Mann sah sich um, aber sein schönes Auge streifte flüchtig an dem alten Herrn vorüber und haftete dann von neuem auf dem Gemälde.

„San Pedro! San Jago di Compostella!“ murmelte der Alte, „welch langweiliger, alberner Dilettante!“ Unmutig verließ er das Zimmer und die Galerie, denn er fühlte, heute sei ihm schon aller Genuß genommen durch Verdruß und Ärger. Hätte er doch lieber gewartet! Den Tag nachher war die Galerie geschlossen, und so mußte er sich achtundvierzig lange Stunden gedulden, bis er wieder zu dem Gemälde gehen konnte, das ihn in so hohem Grade interessierte. Noch ehe die Glocken der Stiftskirche völlig zwölf geschlagen, stieg er mit anständiger Eile die Treppe hinan, hinein in die Galerie, dem wohlbekannten Zimmer zu, und getroffen! Er war der erste, war allein, konnte einsam betrachten.

Er schaute die Dame lange mit unverwandten Blicken an, sein Auge füllte nach und nach eine Träne, er fuhr mit der Hand über die grauen Wimpern: „O, L a u r a!“ flüsterte er leise. Da tönte ganz vernehmlich ein Seufzer an seine Ohren, er wandte sich erschrocken um, der junge Mann von vorgestern stand wieder hier und blickte auf das Bild. Verdrießlich, sich unterbrochen zu sehen, nickte er mit dem Haupte ein flüchtiges Kompliment, der junge Mann dankte etwas freundlicher, aber nicht minder stolz als der Spanier. Auch diesmal wollte der letztere den überflüssigen Nachbarn abwarten; aber vergeblich, er sah zu seinem Schrecken, wie jener sogar einen Stuhl nahm, sich einige Schritte vor dem Gemälde niedersetzte, um es mit gehöriger Muße und Bequemlichkeit zu betrachten.

„Der Geck“, murmelte Don Pedro, „ich glaube gar, er will mein graues Haar verhöhnen.“ Er verließ noch unmutiger als ehegestern das Gemach.

Im Vorsaale stieß er auf einen Eigentümer der Galerie; er sagte ihm herzlichen Dank für den Genuß, den ihm die Sammlung bereitete, konnte sich aber nicht enthalten, über den jungen Ruhestörer sich etwas zu beklagen. „Herr B.“, sagte er, „Sie haben vielleicht bemerkt, daß vorzüglich e i n e s Ihrer Bilder mich anzog; es interessiert mich unendlich, es hat eine Bedeutung für mich, die – ich Ihnen nicht ausdrücken kann. Ich kam, so oft Sie es vergönnten, um das Bild zu sehen, freute mich recht, es ungestört zu sehen, weil doch gewöhnlich die Menge nicht lange dort verweilt, und – denken Sie sich, da hat es mir ein junger, böser Mensch abgelauscht und kömmt, so oft ich komme, und bleibt, m i r z u m T r o t z e bleibt er stundenlang vor diesem Bilde, das ihn doch gar nichts angeht!“

Herr B. lächelte; denn recht wohl konnte er sich denken, wer den alten Herrn gestört haben mochte. „Das letztere möchte ich denn doch nicht behaupten“, antwortete er; „das Bild scheint den jungen Mann ebenfalls nahe anzugehen, denn es ist nicht das erste Mal, daß er es so lange betrachtet.“

„Wieso? Wer ist der Mensch?“

„Es ist ein Herr von Fröben“, fuhr jener fort, „der sich seit fünf, sechs Monaten hier aufhält, und seit er das erste Mal jenes Bild gesehen, eben jene Dame mit dem Federhute, das auch Sie besuchen, kömmt er alle Tage regelmäßig zu dieser Stunde, um das Bild zu betrachten. Sie sehen also zum wenigsten, daß er Interesse an dem Bilde nehmen muß, da er es schon so lange besucht.“

„Herr! Sechs Monate?“ rief der Alte. „Nein, dem habe ich bitter Unrecht getan in meinem Herzen, Gott mag es mir verzeihen! Ich glaube gar, ich habe ihn unhöflich behandelt im Unmut. Und ist ein Kavalier, sagen Sie? Nein, man soll von Pedro de Ligez nicht sagen können, daß er einen fremden Mann unhöflich behandelte. Ich bitte, sagen Sie ihm – doch lassen Sie das, ich werde ihn wiedertreffen und mit ihm sprechen.“

Viertes Kapitel

Als er den anderen Tag sich wieder einfand und Fröben schon vor dem Gemälde traf, trat er auch hinzu mit recht freundlichem Gesicht; als aber der junge Mann ehrerbietig auf die Seite wich, um dem alten Herrn den bessern Platz einzuräumen, verbeugte sich dieser höflich grüßend und sprach: „Wenn ich nicht irre, Señor, so hab’ ich Sie schon mehrere Male vor diesem Gemälde verweilen sehen. – Da geht es Ihnen wohl gleich mir; auch mir ist dieses Bild sehr interessant, und ich kann es nie genug betrachten.“

Fröben war überrascht durch die Anrede; auch ihm waren die Besuche des Alten vor dem Bilde aufgefallen, er hatte erfahren, wer jener sei, und nach der steifen, kalten Begrüßung von gestern war er dieser freundlichen Anrede nicht gewärtig. „Ich gestehe, mein Herr!“ erwiderte er nach einigem Zögern, „dieses Bild zieht mich vor allen anderen an; denn – weil – es liegt etwas in diesem Gemälde, das für mich von Bedeutung ist.“ – Der Alte sah ihn fragend an, als genüge ihm diese Antwort nicht völlig, und Fröben fuhr gefaßter fort: „Es ist wunderbar mit Kunstwerken, besonders mit Gemälden. Es gehen an einem Bilde oft Tausende vorüber, finden die Zeichnung richtig, geben dem Kolorit ihren Beifall, aber es spricht sie nie tiefer an, während einem einzelnen aus solch einem Bilde eine tiefere Bedeutung aufgeht; er bleibt gefesselt stehen, kann sich kaum losreißen von dem Anblick, er kehrt wieder und immer wieder, von neuem zu betrachten."

„Sie können recht haben", sagte der Alte nachdenkend, indem er auf das Gemälde schaute, „aber – ich denke, es ließe sich dies nur von größeren Kompositionen sagen, von Gemälden, in welche der Maler eine tiefere Idee legte. Es gehen viele vorüber, bis die Bedeutung endlich einem aufgeht, der dann den tiefen Sinn des Künstlers bewundert. Aber sollte man dies von solchen Köpfen behaupten können?"

Der junge Mann errötete. „Und warum nicht?" fragte er lächelnd. „Die schönen Formen dieses Gesichtes, die edle Stirn, dieses sinnende Auge, dieser holde Mund, hat sie der Künstler nicht mit tiefem Geiste geschaffen, liegt nicht etwas so Anziehendes in diesen Zügen, daß –"

„O bitte, bitte", unterbrach ihn der Alte gütig abwehrend; „es war allerdings eine recht hübsche Person, die dem Künstler gesessen, die Familie hat schöne Frauen."

„Wie? welche Familie?" rief der Jüngling erstaunt, er zweifelte an dem gesunden Verstand des Alten, und doch schienen ihn seine Worte aufs höchste zu spannen. „Dies Bild ist wohl reine Phantasie, mein Herr, ist zum wenigsten mehrere hundert Jahre alt!"

„Also glauben Sie das Märchen auch?" flüsterte der Alte; „unter uns gesagt, diesmal wurde der Scharfblick der Eigentümer doch getäuscht; ich kenne ja die Dame."

„Um Gottes willen, Sie kennen sie? wo ist sie jetzt? wie heißt sie?" sprach Fröben heftig bewegt, indem er die Hand des Spaniers faßte.

„Sage ich lieber, ich habe sie gekannt", antwortete dieser mit zitternder Stimme, indem er das feuchte Auge zu der Dame aufschlug. „Ja, ich habe sie gekannt, in Valencia vor zwanzig Jahren; eine lange Zeit! Es ist niemand anders als Donna Laura Tortosi."

„Zwanzig Jahre!" wiederholte der Mann traurig und niedergeschlagen. „Zwanzig Jahre, nein, sie ist es nicht!"

„Sie ist es nicht?" fuhr Don Pedro hitzig auf. „Nicht, sagen Sie? So können Sie glauben, ein Maler habe diese Züge aus seinem Hirn zusammengepinselt? Doch ich will nicht ungerecht sein, es war wohl ein tüchtiger Mann, der sie malte, denn seine Farben sind wahr und treu, treu und frisch wie das blühende Leben. Aber glauben Sie, daß ein solcher Künstler aus seiner Phantasie nicht ein ganz anderes Bild erschafft? Finden Sie nicht, ohne die Familie Tortosi zu kennen, daß diese Dame offenbar Familienähnlichkeiten haben müsse, Familienzüge, bestimmt und klar von der Natur ausgesprochen, Züge, wie man sie nie in Gemälden der Phantasie, sondern nur bei guten Porträts findet? Es ist ein Porträt, sag' ich Ihnen, Señor, und bei Gott kein anderes als das der Donna Laura, wie ich sie vor zwanzig Jahren gesehen in dem lieblichen Valencia."

„Mein verehrter Herr", erwiderte ihm Fröben, „es gibt Ähnlichkeiten, täuschende Ähnlichkeiten; man glaubt oft, einen Freund sprechend getroffen zu sehen, nur in sonderbarem, veraltetem Kostüm, und wenn man fragt, ist es sein Urahn aus dem Dreißigjährigen Kriege oder überdies gar noch ein Fremder. Ich gebe auch zu, daß dieses Bild sogenannte Familienzüge trage, daß es der liebenswürdigen Donna Laura gleiche, aber dieses Bild, dieses ist alt, und soviel weiß man wenigstens aus Registern und Kirchenbüchern, daß es in der Magdalenenkirche zu K. schon seit hundertundfünfzig Jahren hing, durch zufällige Stiftung, nicht auf Bestellung in die Kirche kam und nach allen Anzeigen von dem deutschen Maler Lukas Cranach gefertigt wurde."

„So hole der lebendige Satan meine Augen!" rief Don Pedro ärgerlich, indem er aufsprang und seinen Hut nahm. „Ein Blendwerk der Hölle ist's, sie will mich in meinen alten Tagen noch einmal durch dies Gemälde in Wehmut und Gram versenken." Tränen standen dem alten Manne in den Augen, als er mit hastigen, dröhnenden Schritten die Galerie verließ.

Fünftes Kapitel

Aber dennoch war er auch jetzt nicht zum letzten Mal dagewesen. Fröben und er sahen sich noch oft vor dem Bilde, und der Alte gewann den jungen Mann durch sein bescheidenes, aber bestimmtes Urteil, durch seine liebenswürdige Offenheit, durch sein ganzes Wesen, das seine Erziehung, treffliche Kenntnisse und einen für diese Jahre seltenen Takt verriet, immer lieber. Der Alte war fremd in dieser Stadt, er fühlte sich einsam, dennoch war er der Welt nicht so sehr abgestorben, daß er nicht hin und wieder einen Menschen hätte sprechen mögen. So kam es, daß er sich unvermerkt näher an den jungen Fröben anschloß; zog ihn ja dieser auch dadurch so unbeschreiblich an, daß er ein teures Gefühl mit ihm teilte, nämlich die Liebe zu jenem Bilde.

So kam es, daß er den jungen Mann auf dem Spaziergange gern begleitete, daß er ihn oft einlud, ihm abends Gesellschaft zu leisten. Eines Abends, als der Speisesaal im „König von England" ungewöhnlich gefüllt war und rings um die beiden fremde Gäste saßen, so daß sie sich im traulichen Gespräche gehindert fühlten, sprach Don Pedro zu seinem jungen Freunde: „Señor, wenn Ihr anders diesen Abend nicht einer Dame versprochen habt, vor ihrem Gitter mit der Laute zu erscheinen, oder wenn Euch nicht sonst ein Versprechen hindert, so möchte ich Euch einladen, eine Flasche echten Ximenes mit mir auszustechen auf meinem Gemach."

„Sie ehren mich unendlich", antwortete Fröben, „mich bindet kein Versprechen, denn ich kenne hier keine Dame, auch ist es hiesigen Ortes nicht Sitte, abends die Laute zu schlagen auf der Straße oder sich mit der Geliebten am Fenster zu unterhalten. Mit Vergnügen werde ich Sie begleiten."

„Gut; so geduldet Euch hier noch eine Minute, bis ich mit Diego die Einrichtung gemacht; ich werde Euch rufen lassen."

Der Alte hatte diese Einladung mit einer Art von Feierlichkeit gesprochen, die Fröben sonderbar auffiel. Jetzt erst entsann er sich auch, daß er noch nie auf Don Pedros Zimmer gewesen, denn immer hatten sie sich in dem allgemeinen Speisesaale des Gasthofes getroffen. Doch aus allem zusammen glaubte er schließen zu müssen, daß es eine besondere Höflichkeit sei, die ihm der Spanier durch die Einführung erzeigen wolle. Nach einer Viertelstunde erschien Diego mit zwei silbernen Armleuchtern, neigte sich ehrerbietig vor dem jungen Manne und forderte ihn auf, ihm zu folgen. Fröben folgte ihm und bemerkte, als er durch den Saal ging, daß alle Trinkgäste ihm neugierig nachschauten und die Köpfe zusammensteckten. Im ersten Stocke machte

Diego eine Flügeltür auf und winkte dem Gaste einzutreten. Überrascht blieb dieser auf der Schwelle stehen. Sein alter Freund hatte den Frack abgelegt, ein schwarzes, geschlitztes Wams mit roten Buffen angezogen und einen langen Degen mit goldenem Griff umgeschnallt; ein dunkelroter Mantillo fiel ihm über die Schultern. Feierlich schritt er seinem Gaste entgegen und streckte seine dürre Hand aus den reichen Manschetten hervor, ihn zu begrüßen: „Seid mir herzlich willkommen, Don Fröbenio", sprach er, „stoßet Euch nicht an diesem prunklosen Gemach; auf Reisen, wie Ihr wißt, fügt sich nicht alles wie zu Hause. Weicher allerdings geht es sich in meinem Saale zu Lissabon, und meine Diwans sind echt maurische Arbeit; doch setzet Euch immer zu mir auf dies schmale Ding, Sofa genannt, ist doch der Wein des Herrn Schwaderer echt und gut; setzt Euch!"

Er führte unter diesen Worten den jungen Mann zu einem Sofa; der Tisch vor diesem war mit Konfitüren und Wein besetzt; Diego schenkte ein und brachte Zündstock und Zigarren.

„Schon lange", hub dann Don Pedro an, „schon lange hätte ich gern einmal so recht vertraulich zu Euch gesprochen, Don Fröbenio, wenn Ihr anders mein Vertrauen nicht geringachtet. Sehet, wenn wir uns oft zur Mittagsstunde vor Lauras Bildnis trafen, da habe ich Euch, wenn Ihr so recht versunken waret in Anschauung, aufmerksam betrachtet, und vergebt mir, wenn meine alten Augen einen Diebstahl an Euren Augen begingen, ich bemerke, daß der Gegenstand dieses Gemäldes noch höheres Interesse für Euch haben müsse und eine tiefere Bedeutung, als Ihr mir bisher gestanden."

Fröben errötete; der Alte sah ihn so scharf und durchdringend an, als wolle er im innersten Grund seiner Seele lesen. „Es ist wahr", antwortete er, „dieses Bild hat eine tiefe Bedeutung für mich, und Sie haben recht gesehen, wenn Sie glauben, es sei nicht das Kunstwerk, was mich interessiere, sondern der Gegenstand des Gemäldes. Ach, es erinnert mich an den sonderbarsten, aber glücklichsten Moment meines Lebens! Sie werden lächeln, wenn ich Ihnen sage, daß ich einst ein Mädchen sah, das mit diesem Bilde täuschende Ähnlichkeit hatte; ich sah sie nur einmal und nie wieder, und darum gehört es zu meinem Glücke, wenigstens ihre holden Züge in diesem Gemälde wiederaufzusuchen."

„O Gott, das ist ja auch mein Fall!" rief Don Pedro.

„Doch lachen werden Sie", fuhr Fröben fort, „wenn ich gestehe, daß ich nur von einem Teile des Gesichtes dieser Dame sprechen kann. Ich weiß nicht, ist sie blond oder braun, ist ihre Stirn hoch oder nieder, ist ihr Auge blau oder dunkel, ich weiß es nicht! Aber diese zierliche Nase, dieser liebliche Mund, diese zarten Wangen, dieses weiche Kinn finde ich auf dem geliebten Bilde, wie ich es im Leben geschaut!"

„Sonderbar! – Und diese Formen, die sich dem Gedächtnis weniger tief einzudrücken pflegen als Auge, Stirn und Haar, die sollten, nachdem Ihr nur einmal sie gesehen, so lebhaft in Eurer Seele stehen?"

„O Don Pedro!" sprach der Jüngling bewegt, „einen Mund, den man einmal geküßt hat, einen solchen Mund vergißt man so leicht nicht wieder. Doch ich will erzählen, wie es mir damit ergangen." –

„Halt ein, kein Wort!" unterbrach ihn der Spanier; „Ihr würdet mich für sehr schlecht erzogen halten müssen, wollte ich einem Kavalier sein Geheimnis entlocken, ohne ihm das meine zuvor als Pfand gegeben zu haben. Ich will Euch erzählen von der Dame, die ich in jenem sonderbaren Bilde erkannte, und wenn Ihr mich dann Eures Vertrauens würdig achtet, so möget Ihr mir mit Eurer Geschichte vergelten. Doch, Ihr trinket ja gar nicht; es ist ein echter spanischer Wein, und ihn müßt Ihr trinken, wenn Ihr mit mir Valencia besuchen wollt.“

Sie tranken von dem begeisternden Ximenes, und der Alte hub an.

Sechstes Kapitel

„Señor, ich bin in Granada geboren. Mein Vater kommandierte ein Regiment, und er und meine Mutter stammten aus den ältesten Familien dieses Königreichs. Ich wurde im Christentum und alten Wissenschaften erzogen, die einen Edelmann zieren, und mein Vater bestimmte mich, als ich zwanzig Jahre alt und gut gewachsen war, zum Soldaten. Aber er war ein Mann, streng und ohne Rücksicht im Dienste, und weil er die Zärtlichkeit meiner Mutter für mich kannte und fürchtete, sie möchte ihn oft verhindern, mich meine Pflicht gehörig vollbringen zu machen, beschloß er, mich zu einem anderen Regiment zu schicken, und seine Wahl fiel auf Pamplona, wo mein Oheim kommandierte. Ich lernte dort den Dienst sorgfältig und genau und brachte es in den folgenden zehn Jahren bis zum Kapitän. Als ich dreißig alt war, wurde mein Oheim nach Valencia versetzt. Er hatte Einfluß und wußte zu bewirken, daß ich ihm schon nach einem halben Jahre als Adjutant folgen konnte. Als ich aber in Valencia ankam, hatte sich in meines Oheims Hauswesen vieles geändert. Er war schon längst, noch in Pamplona, Witwer geworden. In Valencia hatte er eine reiche Witwe kennengelernt und sie einige Wochen früher, als ich bei ihm eintraf, geheiratet. Sie können denken, wie ich überrascht war, als er mir eine ältliche

Dame vorstellte und sie seine Gemahlin nannte; meine Überraschung stieg aber und gewann an Freude, als er auch ein Mädchen, schön wie der Tag, herbeiführte und sie seine Tochter Laura, meine Cousine nannte. Ich hatte bis zu jenem Tage nicht geliebt, und meine Kameraden hatten mich oft deshalb Pedro el pedro (den steinernen Pedro) genannt; aber dieser Stein zerschmolz wie Wachs vor den feurigen Blicken Lauras.

Ihr habt sie gesehen, Don Fröbenio, jenes Bild gibt ihre himmlischen Züge wieder, wenn es anders einem irdischen Künstler möglich ist, die wundervollen Werke der Natur zu erreichen. Ach, gerade so trug sie ihr Haar, so mutig wie auf jenem Gemälde hatte sie das Hütchen mit den wallenden Federn aufgesetzt, und wenn sie ihr dunkles Auge unter den langen Wimpern aufschlug, so war es, als ob die Pforten des Himmels sich öffneten und ein leuchtender Engel freundlich herabgrüße.

Meine Liebe, Señor, war eine freudige; ich konnte ja täglich um sie sein; jene Schranken, die in meinem Vaterlande gewöhnlich die Liebenden trennen und die Liebe schmerzlich, ängstlich, gramvoll und verschlagen machen, jene Schranken trennten uns nicht. Und wenn ich in die Zukunft sah, wie lachend erschien sie mir! Mein Oheim liebte mich wie seinen Sohn; verstand ich seine Winke recht, so schien es ihm nicht unangenehm, wenn ich mich um seine Tochter bewerbe; und von meinem Vater konnte ich kein Hindernis erwarten, denn Laura stammte aus edlem Blute, und der Reichtum ihrer Mutter war bekannt. Wie mächtig meine Liebe war, könnt Ihr schon daraus sehen, daß ich da liebte, wo es so gänzlich ohne Not und Jammer abging. Denn gewöhnlich entsteht die Liebe aus der angenehmen Bemerkung, daß man der Geliebten vielleicht nicht mißfallen habe; wie Feuer unter den Dächern fortschleicht und, durch eine Mauer aufgehalten, plötzlich verzehrend nieder in das Haus und prasselnd auf zum Himmel schlägt, so die Liebe. Die kleine Neigung wächst. Die unüberwindlich scheinenden Hindernisse spornen an; man glaubt eine Glut zu fühlen, die nur im Arme der Geliebten sich abkühlen kann. Man spricht die Dame am Gitter, man schickt ihr Briefe durch die Zofe, man malt im Traume und Wachen ihr Bild, ihre Gestalt so reizend sich vor, denn bisher sah man sie nicht anders als im Schleier und der verhüllenden Mantilla. Endlich, sei es durch List oder Gewalt, fallen die Schranken. Man fliegt herbei, führt die Errungene zur Kirche und - besieht sich nachher den Schatz etwas genauer. Wie auf dem schönen Wiesengrund, der nur ein Teppich ist, über ein sumpfig Moorland gedeckt, wenn du wie auf fester Erde ausschreitest, deine Füße einsinken und Quellen aus der Tiefe rieseln: so hier. Alle Augenblicke zeigt sich eine neue Laune bei der Dame, alle Tage lüftet sie Schleier und Mantilla ihres Herzens freier, und am Ende stündest du lieber wieder an dem Gitter, Liebesklagen zu singen, um - nie wiederzukehren."

Siebentes Kapitel

„Bei Gott, Ihr seid ein scharfer Kritiker", erwiderte Fröben errötend; „es liegt in dem, was Ihr saget, etwas Wahres, aber ganz so? Nein, da müßte ja jener Götterfunke, der zündend ins Herz schlägt, jener selige Augenblick, da die Hälfte einer Minute zum Verständnis hinreicht, müßte lügen, und doch glaube ich an seine himmlische Abkunft. O, ist es mir denn besser ergangen?"

„Ich verstehe, was Ihr sagen wollt", sprach Don Pedro; „jener Moment ist himmlisch schön, aber er beruht gar oft auf bitterer Täuschung. Höret weiter! Mich reizten, mich hinderten keine Schranken, und dennoch liebte ich sie so warm als irgendein junger Kavalier in Spanien. Das einzige Hindernis konnte Lauras Herz sein, und - ihr Auge hatte mir ja schon oft gestanden, daß es dem meinigen gern begegne. Alle jenen kleinen Beweise meiner Zärtlichkeit, wie man sie in diesem Zustand gibt, nahm Donna Laura gütig auf, und nach einem Vierteljahre erlaubte sie mir, ihr meine Liebe zu gestehen. Die Eltern hatten die Sache längst bemerkt; mein Oheim gab mir seine Einwilligung und sagte, er habe für mich wegen guter Dienste, die ich geleistet, beim König um ein Majorspatent nachgesucht. Mit der Nachricht meines Steigens soll ich dem Vater meine Liebe gestehen und ihn um Einwilligung bitten. Ich gelobte es; ach, warum habe ich's getan! Sollte man nicht immer einen Dämon hinter sich glauben, der uns das Glück wie ein schönes Spielzeug gibt, nur um es plötzlich zu zerschlagen?

Ich hatte bald nach der Gewißheit meines Glückes mit einem Hauptmann aus einem Schweizerregiment Bekanntschaft gemacht, den ich lieb gewann und täglich in mein Haus führte. Es war ein schöner, blonder Jüngling mit klaren, blauen Augen, von weißer Haut und roten Wangen. Er hätte zu weich für einen Soldaten ausgesehen, wenn nicht berühmte Waffentaten, die er ausgeführt, in aller Munde lebten. Um so gefährlicher war er für Frauen. Seine ganze Erscheinung war so neu in diesem Lande, wo die Sonne die Gesichter dunkel färbt, wo unter schwarzem Haar schwarze Augen blitzen; und wenn er von den Eisbergen, von dem ewigen Schnee seiner Heimat erzählte, so lauschte man gern auf seine Rede, und manche Dame mochte schon den Versuch gemacht haben, das Eis seines Herzens zu schmelzen.

Eines Morgens kam ein Freund zu mir, der um meine Liebe zu Laura wußte, und gab mir in allerlei geheimnisvollen Reden zu verstehen, ich möchte entweder auf der Hut sein oder ohne das Majorspatent meine Base heiraten, indem sonst noch manches sich ereignen könnte, was mir nicht angenehm wäre. Ich war betreten, forschte näher und erfuhr, daß Donna Laura bei einer verheirateten Freundin hie und da mit einem Manne zusammenkomme, der in einen Mantel verhüllt ins Haus schleiche. Ich entließ den Freund und dankte ihm. Ich glaubte nichts davon, aber ein Stachel von Eifersucht und Mißtrauen war in mir zurückgeblieben. Ich dachte nach über Lauras Betragen gegen mich, ich fand es unverändert; sie war hold, gütig gegen mich wie zuvor, ließ sich die Hand, wohl auch den schönen Mund küssen – aber dabei blieb es auch; denn jetzt erst fiel mir auf, wie kalt sie immer bei meiner Umarmung war, sie drückte mir die Hand nicht wieder, wenn ich sie drückte, sie gab mir keinen Kuß zurück.

Zweifel quälten mich; der Freund kam wieder, schürte durch bestimmtere Nachrichten das Feuer mächtiger an, und ich beschloß bei mir, die Schritte meiner Dame aufmerksamer zu bewachen. Wir speisten gewöhnlich zusammen, der Oheim, die Tante, meine schöne Base und ich. Am Abend des Tages, als mein Freund zum zweitenmal mich gewarnt, fragte die Tante bei Tisch ihre Tochter, ob sie ihr Gesellschaft leisten werde auf dem Balkon?

Sie antwortete, sie habe ihrer Freundin einen Besuch zugesagt. Unwillkürlich mochte ich sie dabei schärfer angesehen haben, denn sie schlug die Augen nieder und errötete. Sie ging, eine Stunde, ehe die Nacht einbrach, zu jener Dame. Als es dunkel wurde, schlich ich mich an jenes Haus und hielt Wache; rasende Eifersucht kam über mich, als ich die Straße herauf, nahe an die Häuser gedrückt, eine verhüllte Gestalt schleichen sah. Ich stellte mich vor die Haustür, die Gestalt kam näher und wollte mich sanft auf die Seite schieben. Aber ich faßte sie am Gewand und sprach: ‚Señor, wer Ihr auch seid, in diesem Augenblick glaube ich, einen Mann von Ehre vor mir zu haben, und bei Eurer Ehre fordere ich Euch auf, steht mir Rede!‘

Bei dem ersten Tone meiner Stimme sah ich ihn zusammenschrecken; er besann sich eine kleine Weile und entgegnete dann: ‚Was soll es?‘

‚Schwört mir bei Eurer Ehre‘, fuhr ich fort, ‚daß Ihr nicht wegen Donna Laura de Tortosi in dieses Haus geht.‘

‚Wer erkühnt sich, mir über meine Schritte Rechenschaft abzufordern?‘ rief er mit dumpfer verstellter Stimme. An seiner Aussprache merkte ich, daß er ein Fremder sein müsse; eine düstere Ahnung ging in meiner Seele auf; ‚Der Kapitän de San Montanjo wagt es‘, antwortete ich und riß ihm, ehe er sich dessen versah, den Mantel vom Gesicht – es war mein Freund Tannensee, der Schweizer.

Er stand da, wie ein Verbrecher keines Wortes mächtig. Aber ich hatte meinen Degen blank gezogen, und sprachlos vor Wut, deutete ich ihm an, dasselbe zu tun. ‚Ich habe keine Waffen bei mir als einen Dolch‘, erwiderte er. Schon war ich willens, ihm ohne Zögern den Degen in den Leib zu rennen; aber als er so regungslos, auf alles gefaßt, vor mir stand, konnte ich das Schreckliche nicht vollbringen. Ich behielt noch soviel Fassung, daß ich ihn bestimmte, am anderen Morgen vor dem Tore der Stadt mir Rechenschaft zu geben. Die Tür hielt ich besetzt; er sagte zu und ging.

Noch lange hielt ich Wache, bis endlich die Sänfte für Laura gebracht wurde, bis ich sie einsteigen sah; dann folgte ich ihr langsam nach Hause. Die Qualen der Eifersucht ließen mich keinen Schlaf auf meinem Lager finden, und so hörte ich, wie sich um Mitternacht Schritte meiner Tür näherten. Man pochte an; verwundert warf ich meinen Mantel um und schloß auf; es war die alte Dienerin Lauras, die mir einen Brief übergab und eilend wieder davonging.

Señor! Gott möge Euch vor einem ähnlichen Briefe in Gnaden bewahren! Sie gestand mir, daß sie den Schweizer längst geliebt habe, als sie mich noch gar nicht kannte; daß sie aus Furcht vor dem Zorne ihrer Mutter, die alle Fremden hasse, ihn immer zurückgehalten, um sie zu werben; daß sie, von den Drohungen meiner Tante genötigt, meine Anträge sich habe gefallen lassen. Sie nahm alle Schuld auf sich, sie schwur mit den heiligsten Eiden, daß Tannensee mir oft habe alles gestehen wollen und nur durch ihr Flehen, durch ihre Furcht, nachher strenger verwahrt zu werden, sich habe zurückhalten lassen. Sie deutete mir ein schreckliches Geheimnis an, daß sie die Ehre der Familie beflecken werde, wenn ich ihr und dem Hauptmann nicht zur Flucht verhelfe. Sie beschwor mich, von meinem Streite abzustehen, denn wenn er falle, so bleibe ihr, seiner Gattin, nichts übrig, als sich das Leben zu nehmen. Sie schloß damit, meine Großmut anzurufen, sie werde mich ewig achten, aber niemals lieben.

Ihr werdet gestehen, daß ein solcher Brief gleich kaltem Wasser alle Flammen der Liebe löschen kann; er löschte sogar zum Teile meinen Zorn. Aber vergeben konnte ich es meiner Ehre nicht, daß ich betrogen war, darum stellte ich mich zur bestimmten Stunde auf dem Kampfplatze ein. Der Kapitän mochte tief fühlen, wie sehr er mich beleidigt; obgleich er ein besserer Fechter war als ich, verteidigte er sich nur, und nicht seine Schuld ist es, daß ich meine Hand hier zwischen Daumen und Zeigefinger in seinen Degen rannte, so daß ich außerstande war, weiter zu fechten. Ich gab ihm, während ich verbunden wurde, Lauras Brief. Er las, er bat mich flehend, ihm zu vergeben, ich tat es mit schwerem Herzen.

Die Geschichte meiner Liebe ist zu Ende, Don Fröbenio, denn fünf Tage darauf war Donna Laura mit dem Schweizer verschwunden."

„Und mit Ihrer Hilfe?" fragte Fröben.

„Ich half, so gut es ging. Freilich war der Schmerz meiner Tante groß; aber in diesen Umständen war es besser, sie sah ihre Tochter nie wieder, als daß Unehre über das Haus kam."

„Edler Mann! Wie unendlich viel muß sie dies gekostet haben! Wahrhaftig, es war eine harte Prüfung."

„Das war es", antwortete der Alte mit düsterem Lächeln. „Anfangs glaubte ich, diese Wunde werde nie vernarben; die Zeit tut viel, mein Freund! Ich habe sie nie wiedergesehen, nie von ihnen gehört, nur einmal nannten die Zeitungen den Obristen Tannensee als einen tapfern Mann, der unter den Truppen Napoleons in der Schlacht von Brienne dem Feinde langen Widerstand getan habe. Ob es derselbe ist, ob Laura noch lebt, weiß ich nicht zu sagen.

Als ich aber in diese Stadt kam, jene Galerie besuchte und nach zwanzig langen Jahren meine Laura wiedererblickte, ganz so, wie sie war in den Tagen ihrer Jugend, da brachen die alten Wunden wieder auf, und – nun, Ihr wisset, daß ich sie täglich besuche."

Achtes Kapitel

Mit umständlicher Gravität, wie es dem Haushofmeister eines P...schen Prinzen, einem Manne aus altkastilischem Geschlechte geziemte, hatte Don Pedro de San Montanjo Ligez seine Geschichte vorgetragen. Als er geendet, trank er einigen Xeres, lüftete den Hut, stricht sich über die Stirn und Kinn und sagte zu dem jungen Manne an seiner Seite: „Was ich wenigen Menschen vertraut, habe ich Euch umständlich erzählt, Don Fröbenio, nicht um Euch zu locken, mir mit gleichem Vertrauen zu erwidern, obgleich Euer Geheimnis so sicher in meiner Brust ruhte als der Staub der Könige von Spanien im Escorial! - Obgleich ich gespannt bin zu wissen, inwiefern Euch jene Dame interessiert - aber Neugier ziemt dem Alter nicht, und damit gut."

Fröben dankte dem Alten für seine Mitteilung. „Mit Vergnügen werde ich Ihnen meinen kleinen Roman zum besten geben", sagte er lächelnd, „er betrifft keiner Dame Geheimnisse und endet schon da, wo andere anfangen. Aber wenn Sie erlauben, werde ich morgen erzählen, denn für heute möchte es wohl zu spät sein."

„Ganz nach Eurer Bequemlichkeit", erwiderte der Don, seine Hand drückend. „Euer Vertrauen werde ich zu ehren wissen." So schieden sie; der Spanier begleitete den jungen Mann höflich bis an die Schwelle seines Vorsaales, und Diego leuchtete ihm bis auf die Straße.

Nach seiner Gewohnheit ging Fröben den Tag nachher in die Galerie; er stand lange vor dem Bilde, und wirklich dachte er an diesem Tage mehr an den Alten denn an die gemalte Dame; aber er wartete über eine Stunde – der Alte kam nicht. Er ging mit dem Schlage zwei Uhr in die Anlagen, ging langsamen Schrittes um den See, zog oft sein Fernglas und schaute die lange Promenade hinab, aber die ehrwürdige Gestalt seines alten Freundes wollte sich nicht zeigen; umsonst schaute er nach den dünnen schwarzen Beinen, nach dem spitzen Hute, umsonst nach Diego und den bunten Kleidern, mit Sonnenschirm und Regenmantel, er war nicht zu sehen. „Sollte er krank geworden sein?“ fragte er sich, und unwillkürlich ging er nach dem Schloßplatz hin und nach dem Gasthofe „Zum König von England“, um Don Pedro zu besuchen. „Fort ist die ganze Wirtschaft, auf und davon“, antwortete auf seine Frage der Oberkellner, „gestern abend noch bekam der Prinz Depeschen, und heute vormittag sind seine Hoheit nebst Gefolge in sechs Wagen nach W. abgereist; der Haushofmeister, er fuhr im zweiten, hat für Sie eine Karte hiergelassen.“

Begierig griff Fröben nach diesem letzten Freundeszeichen. Es war nur Don Pedro de San Montanjo Ligez, Major Rio de S. A. 2c. darauf zu lesen. Verdrießlich wollte Fröben diesen kalten Abschied einstecken, da gewahrte er auf der Rückseite noch einige Worte mit der Bleifeder geschrieben, er las: „Lebt wohl, teurer Don Fröbenio; Eure Geschichte müßt Ihr mir schuldig bleiben, grüßet und küsset Donna Laura.“

Er lächelte über den Auftrag des alten Herrn, und doch, als er in den nächsten Tagen wieder vor dem Bilde stand, war er wehmütiger als je, denn es war in seinem Leben eine Lücke entstanden durch Don Pedros Abreise. Er hatte sich so gern mit dem guten Alten unterhalten, er hatte seit langer Zeit zum ersten Mal wieder in einem genaueren Verhältnis mit Menschen gelebt, und deutlicher als je fühlte er jetzt, daß nur der Einsame, der Hoffnungslose ganz unglücklich ist. Wäre das Bild nicht gewesen, das ihn mit seinem eigentümlichen Zauber zurückhielt, schon längst hätte er Stuttgart verlassen, das sonst keine Reize für ihn hatte. Als ihm daher eines Tages die Herren Boisserée die treue Kopie jenes lieben Bildes, ein lithographiertes Blatt, zeigten und ihn damit beschenkten, nahm er es als einen Wink des Schicksals auf, verabschiedete sich von dem Urbild, packte die Kopie sorgfältig ein und verließ diese Stadt so stille, als er sie betreten hatte.

Neuntes Kapitel

Sein Aufenthalt in Stuttgart hatte nur dem Bilde gegolten, das er in jener Galerie gefunden. Er war, als er die Hauptstadt Württembergs berührte, auf seiner Reise nach dem Rhein begriffen, und dahin zog er nun weiter. Er gestand sich selbst, daß ihn die letzten Monate beinahe allzuweich gemacht hatten. Er fühlte nicht ohne Beschämung und leises Schaudern, daß sein Trübsinn, sein ganzes Dichten und Trachten schon nahe an Narrheit gestreift hatten. Er war zwar unabhängig, hatte dieses Jahr noch zu Reisen bestimmt, ohne sich irgendeinen festen Plan, ein Ziel zu setzen, und wollte diese lange Unterbrechung seiner Reise auf die angenehme Lage der Stadt, auf die herrlichen Umgebungen schieben. Aber hatte er denn wirklich jene Stadt so angenehm gefunden? Hatte er einen Menschen aufgesucht, kennengelernt? Hatte er sie nicht vielmehr gemieden, weil sie seine Einsamkeit, die ihm so lieb geworden, störten? „Nein“, sagte er lächelnd zu sich, „man wäre versucht, an Zauberei zu glauben! Ich habe mich betragen wie ein Tor! Habe mich eingeschlossen in mein Zimmer, um zu lesen. Und habe ich denn wirklich gelesen? Stand nicht ihr Bild auf jeder Seite? Gingen meine Schritte weiter als zu ihr oder um einmal unter dem Gewühl der Menge auf- und abzugehen? Ist es nicht schon Raserei, auf so langen Wegen einem Schatten nachzujagen, jedes Mädchengesicht aufmerksam zu betrachten, ob ich nicht den holden Mund der unbekannten Geliebten wiedererkenne?"

So schalt sich der junge Mann, glaubte recht feste Vorsätze zu fassen, und wie oft, wenn sein Pferd langsamer bergan geschritten war, vergaß er oben, es anzutreiben, weil seine Seele auf anderen Wegen schweifte; wie oft, wenn er abends sein Gepäck öffnete und ihm die Rolle in die Hände fiel, entfaltete er unwillkürlich das Bild der Geliebten und vergaß, sich zur Ruhe zu legen.

Aber die reizenden Gebirgsgegenden am Neckar, die herrlichen Fluren von Mannheim, Worms, Mainz verfehlten auch auf ihn den eigentümlichen Eindruck nicht. Sie zerstreuten ihn, sie füllten seine Seele mit neuen, freundlichen Bildern. Und als er eines Morgens von Bingen aufbrach, stand nur ein Bild vor seinem Auge, ein Bild, das er noch heute erblicken sollte. Fröben hatte mit einem Landsmann Frankreich und England bereist, und aus dem Gesellschafter war ihm nach und nach ein Freund erwachsen. Zwar mußte er, wenn er über ihre Freundschaft nachdachte, sich selbst gestehen, daß Übereinstimmung der Charaktere sie nicht zusammenführte; doch oft pflegt es ja zu geschehen, daß gerade das Ungleiche sich heißer liebt als das Ähnliche. Der Baron von Faldner war etwas roh, ungebildet; selbst jene Reise, das bewegte Leben zweier Hauptstädte wie Paris und London, hatte nur seine Außenseite etwas abschleifen und mildern können. Er war einer jener Menschen, die, weil sie durch fremde oder eigene Schuld gewählte Lektüre, feinere tiefere Kenntnisse und die bildende Hand der Wissenschaften verschmähten, zur Überzeugung kamen, sie seien praktische Menschen, das heißt Leute, die in sich selbst alles tragen, um was sich andere zu erlernen abmühen, die einen natürlichen Begriff von Ackerbau, Viehzucht, Wirtschaft und dergleichen haben und sich nun für geborene Landwirte, für praktische Haushälter ansehen, die auf dem natürlichsten Wege das zu erreichen glauben, was die Masse in Büchern sucht. Dieser Egoismus machte ihn glücklich, denn er sah nicht, auf welchen schwachen Stützen sein Wissen beruhte; noch glücklicher wäre er wohl gewesen, wenn diese Eigenliebe bei den Geschäften stehengeblieben wäre, aber er trug sie mit sich, wohin er ging, erteilte Rat, ohne welchen anzunehmen, hielt sich, was man ihm nicht gerade nachsagte, für einen klugen Kopf und ward durch dieses alles ein unangenehmer Gesellschafter und zu Hause vielleicht ein kleiner Tyrann, aus dem einfachen Grunde, weil er klug war und immer recht hatte.

„Ob er wohl sein Sprichwort noch an sich hat", fragte sich Fröben lächelnd, „das unabwendbare: ‚Das habe ich ja gleich gesagt!' Wie oft, wenn er am wenigsten daran gedacht hatte, daß etwas gerade so geschehen werde, wie oft faßte er mich da bei der Hand und rief: ‚Freund Fröben, sag' an, hab' ich es nicht schon vor vier Wochen gesagt, daß es so kommen würde? Warum habt Ihr mir nicht gefolgt?' Und wenn ich ihm so sonnenklar bewies, daß er zufällig gerade das Gegenteil behauptet habe, so ließ er sich unter keiner Bedingung davon abbringen und grollte drei, vier Tage lang."

Fröben hoffte, Erfahrung und die schöne Natur um ihn her würden seinen Freund weiser gemacht haben. An einer der reizendsten Stellen des Rheintals, in der Nähe von Kaub, lag sein Gut, und je näher der Reisende herabkam, desto freudiger schlug sein Herz über alle diese Herrlichkeit der Berge und des majestätischen Flusses, um so öfter sagte er zu sich: „Nein! er muß sich geändert haben; in dieser Umgebung kann man nur hingebend, nur freundlich und teilnehmend sein, und im Genuß dieser Aussicht muß man vergessen, wenn man auch wirklich recht hat, was bei ihm leider der seltene Fall ist."

Zehntes Kapitel

Gegend Abend langte er auf dem Gute an; er gab sein Pferd vor dem Hause einem Diener, fragte nach seinem Herrn und wurde in den Garten gewiesen. Dort erkannte er schon von weitem die Gestalt und Stimme seines Freundes. Er schien in diesem Augenblick mit einem alten Manne, der an einem Baume mit Graben beschäftigt war, heftig zu streiten. „Und wenn Ihr es auch hundert Jahre nach dem alten Schlendrian gemacht habt statt fünfzig, so muß der Baum doch so herausgenommen werden, wie ich sagte. Nur frisch daran, Alter; es kömmt bei allem nur darauf an, daß man klug darüber nachdenkt."

Der Arbeiter setzte seufzend die Mütze auf, betrachtete noch einmal mit wehmütigem Blicke den schönen Apfelbaum und stieß dann schnell, wie es schien, unmutig den Spaten in die Erde, um zu graben.

Der Baron aber pfiff ein Liedchen, wandte sich um, und vor ihm stand ein Mensch, der ihn freundlich anlächelte und ihm die Hand entgegenstreckte. Er sah ihn verwundert an. „Was steht zu Dienst?" fragte er kurz und schnell.

„Kennst du mich nicht mehr, Faldner?" erwiderte der Fremde. „Solltest du bei deiner Baumschule London und Paris so ganz vergessen haben?"

„Ist's möglich, mein Fröben!" rief jener und eilte, den Freund zu umarmen. „Aber, mein Gott, wie hast du dich verändert, du bist so bleich und mager; das kömmt von dem vielen Sitzen und Arbeiten; daß du auch gar keinen Rat befolgst, ich habe es dir ja doch immer gesagt, es tauge nicht für dich."

„Freund!" entgegnete Fröben, den dieser Empfang unwillkürlich an seine Gedanken unterwegs erinnerte: „Freund, denke doch ein wenig nach; hast du mir nicht immer gesagt, ich tauge nicht zum Landwirt, nicht zum Forstmann und dergleichen, und ich müßte eine juridische oder diplomatische Laufbahn einschlagen?"

„Ach, du guter Fröben!" sagte jener zweideutig lächelnd, „so laborierst du noch immer an einem kurzen Gedächtnis? Sagte ich nicht schon damals –"

„Bitte, du hast recht, streiten wir nicht!" unterbrach ihn sein Gast, „laß uns lieber Vernünftigeres reden, wie es dir erging, seit wir uns nicht sahen, wie du lebst!"

Der Baron ließ Wein in eine Laube setzen und erzählte von seinem Leben und Treiben. Seine Erzählung bestand beinahe in nichts als in Klagen über schlechte Zeit und die Torheit der Menschen. Er gab nicht undeutlich zu verstehen, daß er es in wenigen Jahren mit seinem hellen Kopfe und den Kenntnissen, die er auf Reisen gesammelt, in der Landwirtschaft weit gebracht habe. Aber bald hatten ihm seine Nachbarn ungerufen dies oder jenes abgeraten, bald hatte er unbegreifliche Widerspenstigkeit unter seinen Arbeitern selbst gefunden, die alles besser wissen wollten als er und in ihrer Verblendung sich auf lange Erfahrung stützten. Kurz, er lebte, wie er gestand, ein Leben voll ewiger Sorgen und

Mühen, voll Hader und Zorn, und einige Prozesse wegen Grenzstreitigkeiten verbitterten ihm noch die wenigen frohen Stunden, die ihm die Besorgung seines Gutes übrigließ. „Armer Freund!“ dachte Fröben unter dieser Erzählung; „so reitest du noch dasselbe Steckenpferd, und es geht wie der wildeste Renner mit dir durch, ohne daß du es zügeln kannst.“

Doch die Reihe zu erzählen kam auch an den Gast, und er konnte seinem Freunde in wenigen Worten sagen, daß er an einigen Höfen bei Gesandtschaften eingeteilt gewesen sei, daß er sich überall schlecht unterhalten, einen langen Urlaub genommen habe und jetzt wieder ein wenig in der Welt umherziehe.

„Du Glücklicher!“ rief Faldner. „Wie beneide ich deine Verhältnisse: heute hier, morgen dort; kennst keine Fesseln und kannst reisen, wohin und wie lange du willst. Es ist etwas Schönes um das Reisen! Ich wollte, ich könnte auch noch einmal so frei hinaus in die Welt!“

„Nun, was hindert dich denn?“ rief Fröben lachend; „deine große Wirtschaft doch nicht? Die kannst du alle Tage einem Pächter geben, läßt dein Pferd satteln und ziehst mit mir!“

„Ach, das verstehst du nicht, Bester!“ erwiderte der Baron, verlegen lächelnd. „Einmal, was die Wirtschaft betrifft, da kann ich keinen Tag abwesend sein, ohne daß alles quer geht, denn ich bin doch die Seele des Ganzen. Und dann – ich habe einen dummen Streich gemacht, doch laß das gut sein; es geht einmal nicht mehr mit dem Reisen.“

In diesem Augenblicke kam ein Bedienter in die Laube, berichtete, daß die gnädige Frau zurückgekommen sei und anfragen lasse, wo man den Tee servieren solle.

„Ich denke, oben im Zimmer“, sagte er, leicht errötend, und der Diener entfernte sich.

„Wie, du bist verheiratet?“ fragte Fröben erstaunt. „Und das erfahre ich jetzt erst! Nun, ich wünsche Glück; aber sage mir doch - ich hätte mir ja eher des Himmels Einfall träumen lassen als diese Neuigkeit; und seit wann?“

„Seit sechs Monaten“, erwiderte der Baron kleinlaut und ohne seinen Gast anzusehen; „doch wie kann dich dies so in Erstaunen setzen; du kannst dir denken, bei meiner großen Wirtschaft, da ich alles selbst besorge, so -“

„Je nun! ich finde es ganz natürlich und angemessen; aber wenn ich zurückdenke, wie du dich früher über das Heiraten äußertest, da dachte ich nie daran, daß dir je ein Mädchen recht sein würde.“

„Nein, verzeihe!“ sagte Faldner, „ich sagte ja immer und schon damals -“

„Nun ja, du sagtest ja immer und schon damals“, rief der junge Mann lächelnd, „und schon damals und immer sagte ich, daß du nach deinen Prätentionen keine finden würdest, denn diese gingen auf ein Ideal, das ich nicht haben möchte und wohl auch nicht zu finden war. Doch noch einmal meinen herzlichen Glückwunsch. Da aber eine Dame im Hause ist, die uns zum Tee lädt, so kann ich doch wahrlich nicht so in Reisekleidern erscheinen; gedulde dich nur ein wenig, ich werde bald wieder bei dir sein. Auf Wiedersehen!“

Er verließ die Laube, und der Baron sah ihm mit trüben Blicken nach. „Er hat nicht unrecht“, flüsterte er.

Doch in demselben Augenblick trat eine hohe weibliche Gestalt in die Laube. „Wer ging soeben von dir?“ fragte sie schnell und hastig. „Wer sprach dies Auf Wiedersehen?“

Der Baron stand auf und sah seine Frau verwundert an; er bemerkte, wie die sonst so zarte Farbe ihrer Wangen in ein glühendes Rot übergegangen war. „Nein, das ist nicht auszuhalten!" rief er heftig; „Josephe, wie oft muß ich dir sagen, daß Hufeland Leuten von deiner Konstitution jede allzurasche Bewegung streng untersagt; wie du jetzt glühst! Du bist gewiß wieder eine Strecke zu Fuß gegangen und hast dich erhitzt und gehst jetzt gegen alle Vernunft noch in den Garten hinab, wo es schon kühl ist. Immer und ewig muß ich dir alles wiederholen wie einem Kind; schäme dich!"

„Ach, ich wollte dich ja nur abholen", sagte Josephe mit zitternder Stimme: „Werde nur nicht gleich so böse; ich bin gewiß den ganzen Weg gefahren und bin auch gar nicht erhitzt. Sei doch gut!"

„Deine Wangen widersprechen", fuhr er mürrisch fort. „Muß ich denn auch dir immer predigen? Und den Schal hast du auch nicht umgelegt, wie ich dir sagte, wenn du abends noch hinab in den Garten gehst; wozu werfe ich denn das Geld zum Fenster hinaus für dergleichen Dinge, wenn man sie nicht einmal brauchen mag? O Gott! ich möchte oft rasend werden. Auch nicht das geringste tust du mir zu Gefallen; dein ewiger Eigensinn bringt mich noch um. O, ich möchte oft –"

„Bitte, verzeihe mir, Franz!" bat sie wehmütig, indem sie große Tränen im Auge zerdrückte; „ich habe dich den ganzen Tag nicht gesehen und wollte dich hier überraschen; ach, ich dachte ja nicht mehr an das Tuch und an den Abend. Vergib mir, willst du deinem Weibe vergeben?"

„Ist ja schon gut, laß mich doch in Ruhe, du weißt, ich liebe solche Szenen nicht; und gar vollends Tränen! Gewöhne dir um Gottes willen die fatale Weichlichkeit ab, über jeden Bettel zu weinen. – Wir haben einen Gast, Fröben, von dem ich dir schon erzählte, er reiste mit mir. Führe dich vernünftig auf, Josephe, hörst du? Laß es an nichts fehlen, daß ich nicht auch noch die Sorge der Haushaltung auf mir haben muß. Im Salon wird der Tee getrunken.“

Er ging schweigend ihr voran die Allee entlang nach dem Schlosse. Trübe folgte ihm Josephe; eine Frage schwebte auf ihren Lippen, aber so gern sie gesprochen hätte, sie verschloß diese Frage wieder tief in ihrer Brust.

Elftes Kapitel

Als der Baron spät in der Nacht seinen Gast auf sein Zimmer begleitete, konnte sich dieser nicht enthalten, ihm zu seiner Wahl Glück zu wünschen! „Wahrhaftig, Franz!“ sagte er, indem er ihm feurig die Hand drückte, „ein solches Weib hat dir gefehlt. Du warst ein Glückskind von jeher, aber das hätte ich mir nicht träumen lassen, daß du bei deinen sonderbaren Maximen und Forderungen ein solch liebenswürdiges, herrliches Kind heimführen würdest.“

„Ja, ja, ich bin mit ihr zufrieden“, erwiderte der Baron trocken, indem er seine Kerze heller aufstörte; „man kann ja nicht alles haben, an diesen Gedanken muß man sich freilich gewöhnen auf dieser unvollkommenen Welt.“

„Mensch, ich will nicht hoffen, daß du undankbar gegen so vieles Schöne bist! Ich habe viele Frauen gesehen, aber weiß Gott, keine von solch untadelhafter Schönheit wie dein Weib. Diese Augen! Welch rührender Ausdruck! Glaubt man nicht liebliche Träume auf ihrer schönen Stirn zu lesen? Und diese zarte, schlanke Gestalt! Und ich weiß nicht, ob ich ihren feinen Takt, ihr richtiges Urteil, ihren gebildeten Geist nicht noch mehr bewundern soll.“

„Du bist ja ganz bezaubert“, lächelte Faldner; „doch von jeher hast du zu viel gelesen und weniger aufs Praktische gesehen; ich sagte es ja immer – mit den Weibern ist es ein eigenes Ding", fuhr er seufzend fort, „glaube mir, in der Wirtschaft ist oft eine, die es versteht und die Sache flink umtreibt, besser als ein sogenannter gebildeter Geist. Gute Nacht; sei froh, daß du noch frei bist, und – wähle nicht zu rasch."

Unmutig sah ihm Fröben nach, als er das Zimmer verlassen hatte. „Ich glaube, der Unmensch ist auch jetzt nicht mit seinem Lose zufrieden; er hat einen Engel gewählt und schafft sich durch seine lächerlichen Prätentionen eine Hölle im Haus. Das arme Weib!"

Es war ihm nicht entgangen, wie ängstlich sie bei allem, was sie tat und sagte, an seinen Blicken hing, wie er ihr oft ein grimmiges Auge zeigte, wenn sie nach seinen Begriffen einen Fehler begangen, wie er ihr oft mit der Hand winkte, die Lippen zusammenbiß und stöhnte, wenn er glaubte, von dem Gaste nicht gesehen zu werden. Und mit welcher Engelsgeduld trug sie dies alles! Sie hatte tiefen, wunderbaren Eindruck auf ihn gemacht. Das reiche blonde Haar, das um eine freie Stirn fiel, ließ blaue Augen, rote Wangen, vielleicht auch ein Näschen erwarten, das durch seine zierliche Keckheit Blondinen mehr als Brünette ziert. Aber von all dem nichts. Unter den blonden Wimpern ruhte wie das Mondlicht hinter dünnen Wolken ein braunes Auge, das nicht durch Glut oder große Lebendigkeit, sondern durch ein gewisses Etwas von sinnender Schwermut überraschte, das Fröben bei schönen Frauen, so selten er es fand, so unendlich liebte. Ihre Nase näherte sich dem griechischen Stamme, die Wangen waren gewöhnlich bleich, nur von einem leisen Schatten von Rot unterlaufen, und das einzige, was in ihrem Gesichte blühte, waren statt der Rosen der Wangen die

Lippen, bei deren Anblick man sich des Gedankens an zarte rote Kirschen nicht erwehren konnte.

„Und diese herrliche Gestalt“, fuhr Fröben in seinen Gedanken weiter fort, „so zart, so hoch, und wenn sie über das Zimmer geht, beinahe schwebend! Schwebend? Als ob ich nicht gesehen hätte, daß sie recht schwer zu tragen hat, daß diese Lippen so manches Wort des Grams verschließen, daß diese Augen nur auf die Einsamkeit warten, um über den rohen Gatten zu weinen! Nein, es ist unmöglich“, fuhr er nach einigem Sinnen fort, „sie kann ihn nicht aus Liebe geheiratet haben. Die Welt, die hinter diesem Auge liegt, ist zu groß für Faldners Verstand, das Herz seines Weibes zu zart für den rohen Druck ihres Haustyrannen. Ich bedaure sie!“

Er war während dieser Worte an einen Schrank getreten, worin die Diener seine Reisegeräte niedergelegt hatten. Er schloß ihn auf, sein erster Blick fiel auf die wohlbekannte Rolle, und er errötete. „Bin ich dir nicht untreu gewesen diesen Abend?“ fragte er. „Hat nicht ein anderes Bild sich in mein Herz geschlichen? Ja, und ertappe ich mich nicht auf Reflexionen über das Weib meines Freundes, die mir nicht ziemen, die ihr auf jeden Fall nichts nützen können? Er entrollte das Bild der Geliebten und blieb betroffen stehen. Wie ein Gedanke, der bisher in ihm schlummerte und verworren träumte, erwachte er jetzt mit einem Male in ihm, daß Frau von Faldner wunderbare Ähnlichkeit mit diesem Bilde habe. Zwar waren ihre Haare, ihre Augen, ihre Stirn gänzlich verschieden von denen des Bildes, aber überraschende Ähnlichkeit glaubte er in Nase, Mund und Kinn, ja sogar in der Haltung des zierlichen Halses zu finden. „Und diese Stimme!“ rief er. „Klang mir diese Stimme nicht gleich anfangs so bekannt? Wie ist mir denn? Wäre es möglich, daß die Gattin mei-

nes Freundes jenes Mädchen wäre, das ich nur einmal, nur halb gesehen und ewig liebe und von jenem Augenblick an vergebens suche? Diese Gestalt – ja, auch sie war groß, und als ich ihr den Mantel umschlang, als sie an meinem Herzen ruhte, fühlte ich eine feine, schlanke Taille. Und begegnete ich nicht heute abend so oft ihrem Auge, das prüfend auf mir ruhte? Sollte auch sie mich wiedererkennen? Doch – ich Tor! wie könnte Faldner bei seinem Mißtrauen, bei seinen strengen Grundsätzen über Adel und unbescholtenen Ruf eine – unbekannte Bettlerin geheiratet haben?"

Er sah wieder prüfend auf das Bild herab, er glaubte in diesem Augenblicke Gewißheit zu haben, im nächsten zweifelte er wieder. Er klagte sein treuloses Gedächtnis an. Hatte nicht dieses Gemälde sich so ganz mit seinen früheren Erinnerungen vermischt, daß er die Unbekannte sich nicht mehr anders dachte als dieses Bild? Und nun, da er auf eine neue auffallende Ähnlichkeit gestoßen, stand er nicht vor einem Labyrinth von Zweifeln? Er warf das Gemälde auf die Seite und verbarg seine heiße Stirn in den Kissen seines Bettes. Er wünschte sich tiefen Schlaf herbei, damit er diesen Zweifeln entgehe, daß ihm das wahre Bild mit siegender Kraft in seinen Träumen aufgehe.

Zwölftes Kapitel

Als Fröben am anderen Morgen in den Salon trat, wo er frühstücken sollte, war sein rastloser Freund schon ausgeritten, um eine Dammarbeit an der Grenze seines Gutes zu besichtigen. Der Diener, der ihm diese Nachricht gab, setzte mit wichtiger Miene hinzu, daß sein Herr wohl kaum vor Mittag zurückkommen dürfte, weil er noch seine neue Dampfmühle, einige Schläge im Walde, eine neue Gartenanlage nebst vielem anderen besichtigen müsse. „Und die gnädige Frau?" fragte der Gast.

„War schon vor einer Stunde im Garten, um Bohnen abzubrechen, und wird jetzt bald zum Frühstück hiersein."

Fröben ging im Saale umher und musterte in Gedanken den vergangenen Abend. Wie anders erscheinen alle Bilder in der Morgenbeleuchtung, als sie uns im Dufte des Abends erschienen! Auch mit den verworrenen Gedanken, die gestern in ihm auf- und abschwebten, ging es ihm so; er lächelte über sich selbst, über die Zweifel, die ihm seine rege Phantasie aufgeweckt hatte. „Der Baron", sprach er zu sich, „ist am Ende doch ein guter Mensch; freilich viele Eigenheiten, einige Roheit, die aber mehr im Äußern liegt. Aber wer länger mit ihm umgeht, gewöhnt sich daran, weiß sich darein zu finden. Und Josephe? Wie vorschnell man oft urteilt! Wie oft glaubte ich rührenden Kummer, tiefe Seelenleiden, Resignation in den Augen, in den Mienen einer Frau zu lesen, ließ mich vom Teufel blenden, sie recht zart trösten und aufrichten zu wollen, und am Ende lag der ganze Zauber in meiner Einbildung: Es war dann, näher betrachtet, eine ganz gewöhnliche Frau, die mit den sinnenden Augen, worin ich Wehmut sah, ängstlich die Augen an ihrem Strickstrumpf zählte oder hinter der von Gram umwölkten Stirn bedachte, was sie auf den Abend kochen lassen sollte." Er verfolgte diese Gedanken, um sich selbst mit Ironie zu strafen, um die zartere Empfindung, jene Nachklänge von gestern zu verdrängen, die ihm heute töricht, überspannt erschienen. In diese Gedanken versunken, war er an den Spiegel getreten und hatte die Besuchkarten überlesen, die dort angesteckt waren.

Da fiel ihm eine in die Hand, welche Faldners eigene Verlobung ankündigte. Er las die zierlich gestochenen Worte: „Freiherr F. von Faldner mit seiner Braut Josephe von Tannensee."

„Von Tannensee?" Wie ein Blitz erleuchtete ihm dieser Name jene dunkle Ähnlichkeit, die er zwischen der Gattin seines Freundes und seinem lieben Bilde gefunden. „Wie? Wäre sie vielleicht die Tochter jener Laura, die einst mein guter Don Pedro geliebt? Welche Freude für ihn, wenn es so wäre, wenn ich ihm von der Verlorenen Nachricht geben könnte. Fand er nicht in jenem wunderbaren Bilde die täuschendste Ähnlichkeit seiner Cousine? Kann nicht die Tochter der Mutter gleichen?"

Er verbarg die Karte schnell, als er die Tür gehen hörte; er sah sich um, und - Josephe schwebte herein. War es das zierliche Morgenkleid, das ihre zarte Gestalt umschloß, war ihr die Beleuchtung des Tages günstiger als das Kerzenlicht? Sie kam ihm in diesem Augenblick noch unendlich reizender vor als gestern. Ihre Locken flatterten noch kunstlos um die Stirn, der frische Morgen hatte ein feines Rot auf ihre Wangen gehaucht, sie lächelte zu ihrem Morgengruß so freundlich, und doch mußte er sich schon in diesem Augenblick einen Toren schelten, denn ihre Augen erschienen ihm trübe und verweint.

Dreizehntes Kapitel

Sie lud ihn ein, sich zu ihr zum Frühstück zu setzen. Sie erzählte ihm, daß Faldner schon mit Tagesanbruch weggeritten sei und ihr seine Entschuldigung aufgetragen habe; sie beschrieb die mancherlei Geschäfte, die er heute vornehme und die ihn bis zu Mittag zurückhalten werden. „Er hat ein Leben voll

Sorgen und Mühen", sagte sie, „aber ich glaube, daß diese Geschäftigkeit ihm zum Bedürfnis geworden ist."

„Und ist dies nur in diesen Tagen so?" sagte Fröben; „ist jetzt gerade besonders viel zu tun auf den Gütern?"

„Das nicht", erwiderte sie; „es geht alles seinen gewöhnlichen Gang, er ist so, seit ich ihn kenne. Er ist rastlos in seinen Arbeiten. Diesen Frühling und Sommer verging kein Tag, an welchem er nicht auf dem Gute beschäftigt gewesen wäre."

„Da werden Sie sich doch oft recht einsam fühlen", sagte der junge Mann, „so ganz allein auf dem Lande, und Faldner den ganzen Tag entfernt."

„Einsam?" erwiderte sie mit zitterndem Tone und beugte sich nach einem Tischchen an der Seite; und Fröben sah im Spiegel, wie ihre Lippen schmerzlich zuckten. „Einsam? Nein! Besucht ja doch die Erinnerung die Einsamen, und –" setzte sie hinzu, indem sie zu lächeln suchte, „glauben Sie denn, die Hausfrau habe in einer so großen Wirtschaft nicht auch recht viel zu tun und zu sorgen? Da ist man nicht einsam, oder – man darf es nicht sein."

„Man *darf* es nicht sein? Du Arme!" dachte Fröben, „verbietet dir dein Herz die Träume der Erinnerung, die dich in der Einsamkeit besuchen, oder verbietet dir der harte Freund, einsam zu sein?" Es lag etwas im Tone, womit sie jene Worte sagte, das ihrem Lächeln zu widersprechen schien.

„Und doch", fuhr er fort, um seinen Empfindungen und ihren Worten eine andere Richtung zu geben, „und doch scheinen gerade die Frauen von der Natur ausdrücklich zur Stille und Einsamkeit bestimmt zu sein; wenigstens war bei jenen Völkern, die im allgemeinen die herrlichsten Männer aufzuweisen hatten, die Frau am meisten auf ihr Frauengemach beschränkt, so bei Römern und Griechen, so selbst in unserem Mittelalter."

„Daß Sie diese Beispiele anführen könnten, hätte ich nicht gedacht", entgegnete Josephe, indem ihr Auge wie prüfend auf seinen Zügen verweilte. „Glauben Sie mir, Fröben, jede Frau, auch die geringste, merkt dem Manne, ehe sie noch über seine Verhältnisse unterrichtet ist, recht bald an, ob er viel im Kreise der Frauen lebte oder nicht. Und unstreitbar liegt in solchen Kreisen etwas, was jenen feinen Takt, jenes zarte Gefühl verleiht, immer im Gespräch auszuwählen, was gerade für Frauen taugt, was uns am meisten anspricht; ein Grad der Bildung, der eigentlich keinem Manne fehlen sollte. Sie werden mir dies um so weniger bestreiten", setzte sie hinzu, „als Sie offenbar einen Teil Ihrer Bildung meinen Geschlecht verdanken."

„Es liegt etwas Wahres darin", bemerkte der junge Mann, „und namentlich das letztere will ich zugeben, daß Frauen weniger auf meine Denkungsart als auf die Art, das Gedachte auszudrücken, Einfluß hatten. Meine Verhältnisse nötigten mich in der letzten Zeit viel in der großen Welt, namentlich in Damenzirkeln zu leben. Aber eben in diesen Zirkeln wird mir erst recht klar, wie wenig eigentlich die Frauen, oder um mich anders auszudrücken, wie wenige Frauen in dieses großartige Leben und Treiben passen."

„Und warum?"

„Ich will es sagen, auch auf die Gefahr hin, daß Sie mir böse werden. Es ist ein schöner Zug der neueren Zeit, daß man in den größeren Zirkeln eingesehen hat, daß das Spiel eigentlich nur eine Schulkrankheit oder ein modischer Deckmantel für Geistesarmut sei. Man hat daher Whist, Boston, Faro und dergleichen den älteren Herren und einigen Damen überlassen, die nun einmal die Konversation nicht machen können. In Frankreich freilich spielen in Gesellschaft Herren von zwanzig bis dreißig Jahren; es sind aber nur die armseligen Wichte, die sich nach einem englischen Dandy gebildet haben oder die selbst fühlen, daß ihnen der Witz abgeht, den sie im Gespräch notwendig haben müßten. Seitdem man nun, seien die Zirkel groß oder klein, die sogenannte Konversation macht, das heißt, sich um den Kamin oder in Deutschland um das Sofa pflanzt, Tee dazu trinkt und ungemein geistreiche Gespräche führt, sind die Frauen offenbar aus ihrem rechten Geleise gekommen."

„Bitte, Sie sind doch gar zu strenge, wie sollten denn –"

„Lassen Sie mich ausreden", fuhr Fröben eifrig fort, „eine Dame der sogenannten guten Gesellschaft empfängt jede Woche Abendbesuche bei sich; sechsmal in der Woche gibt sie solche heim. In solchen Gesellschaften tanzt höchstens das junge Volk einigemal, außer es wäre auf großen Bällen, die schon seltener vorkommen. Der übrige Kreis, Herren und Damen, unterhält sich. Es gibt nun ungemein gebildete, wirklich geistreiche Männer, die im Männerkreise stumm und langweilig, vor Damen ungemein witzig und sprachselig sind und einen Reichtum sozialer Bildung, allgemeiner Kenntnisse entfalten, die jeden staunen machen. Es ist nicht Eitelkeit, was diese Männer glänzend oder beredt macht, es ist das Gefühl, daß das Interessante ihres Wissens sich mehr für Frauen als für Männer eignet, die mehr systematisch sind, die ihre Forderungen höher spannen."

„Gut, ich kann mir solche Männer denken, aber weiter."

„Durch solche Männer bekommt das Gespräch Gestaltung, Hintergrund, Leben; Frauen, besonders geistreiche Frauen, werden sich unter sich bei weitem nicht so lebendig unterhalten, als dies geschieht, wenn auch nur ein Mann gleichsam als Zeuge und Schiedsrichter dabeisitzt. Indem nun durch solche Männer allerlei Witziges, Interessantes auf die Bahn gebracht wird, werden die Frauen unnatürlich gesteigert. Um doch ein Wort mitzusprechen, um als geistreich, gebildet zu erscheinen, müssen sie alles aufbieten, gleichsam alle Hahnen ihres Geistes aufdrehen, um ihren reichlichen Anteil zu der allgemeinen Gesprächflut zu geben, in welcher sich die Gesellschaft badet. Doch, verzeihen Sie, dieser Fonds ist gewöhnlich bald erschöpft; denken Sie sich, einen ganzen Winter alle Abend geistreich sein zu müssen, welche Qual!"

„Aber nein, Sie machen es auch zu arg, Sie übertreiben –"

„Gewiß nicht; ich sage nur, was ich gesehen, selbst erlebt habe. Seit in neuerer Zeit solche Konversation zur Mode geworden ist, werden die Mädchen ganz anders erzogen als früher; die armen Geschöpfe! Was müssen sie jetzt nicht alles lernen vom zehnten bis ins fünfzehnte Jahr. Geschichte, Geographie, Botanik, Physik, ja sogenannte höhere Zeichenkunst und Malerei, Ästhetik, Literaturgeschichte, von Gesang, Musik und Tanzen gar nichts zu erwähnen. Diese Fächer lernt der Mann gewöhnlich erst nach seinem achtzehnten, zwanzigsten Jahre recht verstehen; er lernt sie nach und nach, also gründlicher; erlernt manches durch sich selbst, weiß es auch also besser anzuwenden, und tritt er im dreiundzwanzigsten oder später noch in diese Kreise, so trägt er, wenn er nur halbwegs einige Lebensklugheit und Gewandtheit hat, eine große Sicherheit in sich selbst. Aber das Mädchen? Ich bitte Sie! Wenn ein solches Unglückskind im fünfzehnten Jahre, vollgepfropft mit den verschiedenartigsten Kenntnissen in die große Welt tritt, wie wunderlich muß ihm da alles zuerst erscheinen! Sie wird, obgleich ihr oft ihr einsames Zimmer lieber wäre, ohne Gnade in alle Zirkel mitgeschleppt, muß glänzen, muß plaudern, muß die Kenntnisse auskramen, und – wie bald wird sie damit zu Ende sein! Sie lächeln? Hören Sie weiter. Sie hat jetzt keine Zeit mehr, ihre Schulkenntnisse zu erweitern; es werden bald noch höhere Ansprüche an sie gemacht. Sie muß so gut wie die Ältern über Kunstgegenstände, über Literatur mitsprechen können. Sie sammelt also den Tag über alle möglichen Kunstausdrücke, liest Journale, um ein Urteil über das neueste Buch zu bekommen, und jeder Abend ist eigentlich ein Examen, eine Schulprüfung für sie, wo sie das auf geschickte Art anbringen muß, was sie gelernt hat. Daß einem Manne von wahrer Bildung, von wahren Kenntnissen vor solchem Geplauder, vor solcher Halbbildung graut, können Sie sich denken; er wird diese Unsitte zuerst lächerlich, nachher gefährlich finden; er wird diese Überbildung verfluchen, welche die Frauen aus ihrem stillen Kreise herausreißt und sie zu Halbmännern macht, während die Männer Halbweiber werden, indem sie sich gewöhnen, alles nach Frauenart zu besprechen und zu beklatschen; er wird für edlere Frauen jene häusliche Stille zurückwünschen, jene Einsamkeit, wo sie zu Hause sind und auf jeden Fall herrlicher brillieren als in einem jener geistreichen Zirkel!"

„Es liegt etwas Wahres in dem, was Sie hier sagten", erwiderte Frau von Faldner; „ganz kann ich nicht darüber urteilen, weil ich nie das Glück oder das Unglück hatte, in jenen Zirkeln zu leben. Aber mir scheint auch dort, wie überall, das minder Gute nur aus der Übertreibung hervorzugehen. Es ist wahr, was Sie sagen, daß uns Frauen ein engerer Kreis angewiesen ist, jene Häuslichkeit, die einmal unser Beruf ist. Wir werden ohne wahren Halt sein, wir werden uns in ein unsicheres Feld begeben, wenn wir diesen Kreis gänzlich verlassen. Aber wollen Sie uns die Freude einer geistreichen Unterhaltung mit Männern gänzlich rauben? Es ist wahr, sieben solche Abende in der Woche müssen zum Unnatürlichen, zur Überbildung oder zur Erschöpfung führen; aber ließe sich denn hier nicht ein Mittelweg denken?"

„Ich habe mich vielleicht zu stark ausgedrückt, ich wollte –"

„Lassen Sie auch mich ausreden", sagte sie sanft zurückdrängend; „Sie sagten selbst, daß Frauen unter sich seltener ein sogenanntes geistreiches Gespräch lange fortführen. Ich weiß nur allzuwohl, wie peinlich in einer Frauengesellschaft eine sogenannte geistreiche Dame ist, welcher alles frivol erscheint, was nicht allgemein, nicht interessant ist. Wir fühlen uns beengt und wollen am Ende mit unserem bißchen Wissen lieber vor einem Manne erröten als vor einer Frau. Gewöhnlich werden, wenn nur Frauen zusammen sind oder Mädchen, die Wirtschaft, das Hauswesen, die Nachbarschaft, vielleicht auch Neuigkeiten oder gar Moden abgehandelt; aber sollen wir denn ganz auf diesen Kreis beschränkt sein? Soll denn, was allgemein interessant und bildend ist, uns ganz fremd bleiben?"

„Gott! Sie verkennen mich, wollte ich denn dies sagen?"

„Es ist wahr", fuhr sie eifrig fort, „es ist wahr, die Männer besitzen jene tiefe, geregeltere Bildung, jene geordnete Klarheit, die jede Halbbildung oder gar den Schein von Wissen ausschließt oder geringachtet. Aber wie gern lauschen wir Frauen auf ein

Gespräch der Männer, das an Gegenstände grenzt, die uns nicht so ganz ferne liegen, zum Beispiel über ein interessantes Buch, das wir gelesen, über Bilder, die wir gesehen; wir lernen gewiß recht viel, wenn wir dabei zuhören oder gar mitsprechen dürfen; unser Urteil, das wir im stillen machten, bildet sich aus und wird richtiger, und jeder gebildeten Frau muß eine solche Unterhaltung angenehm sein. Auch glaube ich kaum, daß die Männer uns dies vergen werden, wenn wir nur", setzte sie lächelnd hinzu, „nicht selbst glänzen, den bescheidenen Kreis nicht verlassen wollen, der uns einmal angewiesen ist."

Vierzehntes Kapitel

Wie schön war sie in diesem Augenblick; das Gespräch hatte ihre Wangen mit höherem Rot übergossen, ihre Augen leuchteten, und das Lächeln, womit sie schloß, hatte etwas so Zauberisches, Gewinnendes an sich, daß Fröben nicht wußte, ob er mehr die Schönheit dieser Frau oder ihren Geist und die einfache schöne Weise, sich auszudrücken, bewundern sollte.

„Gewiß", sagte er, in ihren Anblick verloren, „gewiß, wir müßten sehr ungerecht sein, wenn wir solche zarten und gerechten Ansprüche nicht achten wollten; denn die Frau müßte ich für recht unglücklich halten, die bei einem gebildeten Geiste, bei einer Freude an Lektüre und gebildeter Unterhaltung keine solchen Anklänge in ihrer Umgebung fände; wahrlich, so ganz auf sich beschränkt, müßte ich sie für sehr unglücklich halten."

Josephe errötete, und eine düstere Wolke zog über ihre schöne Stirn; sie seufzte unwillkürlich, und mit

Schrecken nahm Fröben wahr, daß ja eine solche Frau, wie er sie eben beschrieben, an seiner Seite sitze. Ja, ohne es zu wollen, hatte sie ihren eigenen Gram verraten. Denn konnte ihr roher Gatte jenen zarten Forderungen entsprechen? Er, der in seiner Frau nur seine erste Schaffnerin sah, der jedes Geistige, was dem Menschen interessant oder wünschenswert dünkt, als unpraktisch geringschätzte, konnte er diese Ansprüche auf den Genuß einer gebildeten Unterhaltung befriedigen? War nicht zu befürchten, daß er ihr solche sogar geflissentlich entzog?

Noch ehe Fröben soviel Fassung gewonnen hatte, seinem Satze eine allgemeinere Wendung zu geben und das ganze Gespräch von diesem Gegenstand abzuleiten, sagte Josephe, ohne ihn seinen Verstoß fühlen zu lassen: „Wir Frauen auf dem Lande genießen die Freude freilich seltener; übrigens sind wir dennoch nicht so allein, als es dem Fremden vielleicht scheinen möchte; man besucht einander um so öfter; sehen Sie nur, welche Masse von Besuchen dort am Spiegel hängt."

Fröben sah hin, und jene Karte fiel ihm bei. „Ach ja", sagte er, indem er sie hervorzog, „da habe ich vorhin einen kleinen Diebstahl begangen"; er zog sie hervor und zeigte sie. „Können Sie glauben, daß ich bis gestern nicht einmal wußte, daß mein Freund verheiratet sei? Und Ihren Namen erfuhr ich erst vorhin durch diese Karte. Sie heißen Tannensee?"

„Ja", antwortete sie lächelnd, „und diesen unberühmten Namen tauschte ich gegen den schönen von Faldner um."

„Unberühmt? Wenn Ihr Vater der Obrist von Tannensee war, so war ihr Name wohl nicht unberühmt."

Sie errötete. „Ach, mein guter Vater!" rief sie. „Ja, man erzählte mir wohl von ihm, daß er für einen braven Offizier des Kaisers gegolten habe, und – sie haben ihn als General begraben. Ich habe ihn nicht gekannt; nur einmal, als er aus dem Feldzug zurückkam, sah ich ihn und nachher nicht wieder."

„Und war er nicht ein Schweizer?" fragte Fröben weiter.

Sie sah ihn staunend an. „Wenn ich nicht irre, sagte mir meine Mutter, daß Verwandte von ihm in der Schweiz leben."

„Und Ihre Mutter, heißt sie nicht Laura und stammt aus einem spanischen Geschlecht?"

Sie erbleichte, sie zitterte bei diesen Worten. „Ja, sie hieß Laura", antwortete sie – „aber mein Gott, was wissen Sie denn von uns, woher? – Aus einem spanischen Geschlechte?" fuhr sie gefaßter fort. „Nein, da irren Sie, meine Mutter sprach Deutsch und war eine Deutsche."

„Wie? So ist Ihre Mutter tot?"

„Seit drei Jahren", erwiderte sie wehmütig.

„O, schelten Sie mich nicht, wenn ich weiter frage; hatte sie nicht schwarze Haare und wie Sie braune Augen? Hatte sie nicht viele Ähnlichkeit mit Ihnen?"

„Sie kannten meine Mutter?" rief sie ängstlich und zitterte heftiger.

„Nein, aber hören Sie einen sonderbaren Zufall", erwiderte Fröben; „es müßte mich alles täuschen, wenn ich nicht einen trefflichen Verwandten Ihrer Mutter kennengelernt hätte." Und nun erzählte er ihr von Don Pedro. Er beschrieb ihr, wie sie sich vor dem Bilde gefunden, er ließ die Kopie von seinem Zimmer bringen und zeigte sie; er sagte ihr, wie sie genauer bekanntgeworden und wie ihm Don Pedro seine Geschichte erzählte. Aber die letztere wiederholte er mit großer Schonung; er datierte sogar aus einem gewissen Zartgefühl jene Vorfälle und Lauras Flucht um ein ganzes Jahr zurück und schloß endlich damit, daß er, wenn Josephe ihre Mutter nicht eine Deutsche nennen würde, bestimmt glaubte, Mutter Laura und jener Donna Laura Tortosi des Spaniers, der Schweizerhauptmann Tannensee und ihr Vater, der Obrist, seien dieselben Personen."

Josephe war nachdenklich geworden; sinnend legte sie die Stirn in die Hand; sie schien ihm, als er geendet hatte, nicht sogleich antworten zu können.

„O, zürnen Sie mir nicht", sagte Fröben, „wenn ich mich hinreißen ließ, dem wunderlichen Spiel des Zufalls diese Deutung zu geben."

„O, wie könnte ich denn Ihnen zürnen?" sagte sie bewegt, und Tränen drängten sich aus den schönen Augen. „Es ist ja nur mein schweres Schicksal, das auch dieses Dunkel wieder herbeiführt. Wie könnte ich auch wähnen, jemals g a n z glücklich zu sein?"

„Mein Gott, was habe ich gemacht!" rief Fröben, als er sah, wie ihre Tränen heftiger strömten. „Es ist ja alles nur eine törichte Vermutung von mir. Ihre Mutter war ja eine Deutsche, ihre Verwandten und Sie werden ja dies alles besser wissen –"

Fünfzehntes Kapitel

„Meine Verwandten?" sagte sie unter Tränen. „Ach, das ist ja gerade mein Unglück, daß ich keine habe. Wie glücklich sind die, welche auf viele Geschlechter zurücksehen können, die mit den Banden der Verwandtschaft an gute Menschen gebunden sind; wie angenehm sind die Worte Oheim, Tante; sie sind gleichsam ein zweiter Vater, eine zweite Mutter, und welcher Zauber liegt vollends in dem Namen B r u d e r ! Wahrlich, wenn ich fähig wäre, einen Menschen zu beneiden, ich hätte oft dies oder jenes Mädchen beneidet, das einen Bruder hatte, es war sein inniger, natürlichster, aufrichtigster Freund und Beschützer."

Fröben rückte ängstlich hin und her; er hatte hier, ohne es zu wollen, eine Saite in Josephens Brust getroffen, die schmerzlich nachklang; es standen ihm Aufschlüsse bevor, vor welchen ihm unwillkürlich bangte. Er schwieg, als sie ihre Tränen trocknete und fortfuhr:

„Das Schicksal hat mich manchmal recht sonderbar geprüft. Ich war das einzige Kind meiner Eltern, und so entbehrte ich schon jene große Wohltat, Geschwister zu haben; wir wohnten unter fremden Menschen, und so hatte ich auch keine Verwandten. Mein Vater schien mit den Seinigen in der Schweiz nicht im besten Einverständnis zu leben, denn meine Mutter erzählte mir oft, daß sie ihm grollen, weil er sie geheiratet habe und nicht ein reiches Fräulein in der Schweiz, das man ihm aufdringen wollte. Auch meinen Vater sah ich nur wenig; er war bei der Armee, und Sie wissen, wie unruhig unter dem Kaiser die Zeiten waren. So blieb mir nichts als meine gute Mutter; und wahrlich, sie ersetzte mir alle Verwandten. Als sie starb, freilich, da stand ich sehr verlassen in der großen Welt; denn da war unter Millionen niemand, zu dem ich hätte gehen und sagen können: Nun sind sie tot, die mich ernährten und beschützten, seid ihr jetzt meine Eltern!"

„Und Ihre Mutter hieß also nicht Tortosi", sagte Fröben.

„Ich nannte sie nicht anders als Mutter, und nie hatte sie über ihre früheren Verhältnisse mit mir gesprochen; ach, als ich größer wurde, war sie ja immer so krank! Mein Vater nannte sie nur Laura, und in den wenigen Papieren, die man nach ihrem Tode fand und mir übergab, wird sie Laura von Tortheim genannt."

„Ei nun!“ rief Fröben heiter, „das ist ja so klar wie der Tag; Laura hieß Ihre Mutter, Tortheim ist nichts anderes als Tortosi, das die lieben Flüchtlinge veränderten, Tannensee hieß jener Kapitän in Valencia, er ist Ihr Vater, der Obrist Tannensee, und noch mehr, sagen Sie nicht selbst, daß dieses Bild Ihrer Mutter Laura vollkommen gleiche, und erkannte nicht mein werter Don Pedro in dem Urbild seine Donna Laura? Jetzt sind Sie nicht mehr einsam, einen trefflichen Vetter haben Sie wenigstens, Don Pedro de San Montanjo Ligez! Ach, wie wird sich mein Freund über die berühmte Verwandtschaft freuen!“

„O Gott, mein Mann!“ rief sie schmerzlich und verhüllte das Gesicht in ihr Tuch.

Unbegreiflich war es Fröben, wie sie dies alles so ganz anders ansehen könne als er; er sah ja in diesem allem nichts als die Freude Don Pedros, eine Tochter seiner Laura zu finden. Er war reich, unverheiratet, trug noch immer den alten Enthusiasmus für seine schöne Cousine in sich, also auch eine schöne Erbschaft kombinierte Fröben aus diesem wunderbaren Verhältnis. Er ergriff Josephens Hand, zog sie herab von ihren Augen; sie weinte heftig.

„O Sie kennen Faldner schlecht“, sagte sie, „wenn Sie meinen, daß ihn diese Vermutungen freudig überraschen werden! Sie kennen sein Mißtrauen nicht. Alles soll ja nur seinen ganz gewöhnlichen Gang gehen, alles recht schicklich und ordentlich sein, und alles Außergewöhnliche haßt er aus tiefster Seele. Ich mußte es ja“, fuhr sie nicht ohne Bitterkeit fort, „ich mußte es ja als eine Gnade ansehen, daß mich der reiche, angesehene Mann heiratete, daß er mit den wenigen Dokumenten zufrieden war, die ich ihm über meine Familie geben konnte. Muß ich es denn“, rief sie, heftiger weinend, „muß ich es denn nicht noch alle Tage hören, daß er mit den an-

gesehensten Familien sich hätte verbinden, daß er dieses oder jenes reiche Fräulein hätte heiraten können? Sagt er es mir nicht sooft, als er mir zürnt, daß mein Adel neu sei, daß man von dem Geschlecht meiner Mutter gar nichts wisse, und daß sogar einige Tannensee in der Schweiz das von abgelegt haben und Kaufleute geworden seien?"

Jetzt erst ging dem jungen Manne ein schreckliches Licht auf. „Also in ein Haus des Unglücks, in eine unglückselige Ehe bin ich gekommen", sprach er zu sich. „Ach, nicht aus Liebe hat sie ihn geheiratet, sondern aus Not, weil sie allein stand; und Faldner, so kenne ich ihn, hat sie genommen, weil sie schön war, weil er mit ihr glänzen konnte. Das unglückliche Weib! Und der Barbar macht ihr Vorwürfe über ihr Unglück, läßt sie sogar fühlen, was sie ihm verdanke?" Ein gemischtes Gefühl von Unmut über seinen Freund, von Mitleid und Achtung gegen die schöne unglückliche Frau zog ihn zu ihr hin; er bemühte sich, ihr Mut und Vertrauen einzuflößen. „Sehen Sie dies alles als nicht gesagt an", flüsterte er; „ich sehe, es macht Ihnen Kummer; was nützt es denn Faldner? Verschweigen wir ihm die törichten Mutmaßungen, die ich hatte, die ja ohnedies zu nichts führen können." –

Josephe sah ihn bei diesen Worten groß an; ihre Tränen verloschen in den weit geöffneten Augen, und Fröben glaubte eine Art von Stolz in ihren Mienen zu lesen. „Mein Herr", sagte sie, und ihre Gestalt schien sich höher aufzurichten, „ich kann unmöglich glauben, daß, was Sie sagten, Ihr Ernst sein kann; auf jeden Fall werden Sie wissen, daß die Gattin des Baron von Faldner kein Geheimnis mit Ihnen teilt, das nicht ihr Gatte wissen dürfte."

Unter diesen Worten hatte sie das Teegeschirr unsanft von sich gerückt, war aufgestanden, und – nach einer kurzen Verbeugung verließ sie den erstaunten Gast. Fröben wollte ihr nach, wollte abbitten, was er getan, wollte alles auf einmal gut machen, aber sie war schon in der Tür verschwunden, ehe er nur Fassung genug hatte, sich vom Sofa aufzuraffen. Unmutig ging er hinab in den Garten; er wußte nicht, sollte er sich selbst grollen oder der Empfindlichkeit der Dame, die ihm in diesem Augenblicke übergroß erschien. Doch, wie es in solchen Fällen zu geschehen pflegt, sein aufgeregtes Blut wallte nach und nach ruhiger, und sein Geist gewann Raum, über sich selbst nachzusinnen. Und hier fand er nun manches, was Josephen zur Entschuldigung diente. „Sie liebt ihn nicht", sagte er zu sich, „er behandelt sie vielleicht roh, zeigt sich mehr als Herr denn als Gatte. Sie wurde weich, als ich mit ihr über höhere Genüsse des Lebens sprach, ich sah, wie sie erschrak, als sie sich gegen mich verraten hatte, als sie aussprach, welcher Mangel selbst mitten im äußeren Glück sie drücke. Und mußte sie sich nicht ängstlich berührt fühlen, daß sie diesen Mangel einem Freunde ihres Gatten verriet? Und weiter, als ich ihr alles, alles sagte, als ich mit einer gewissen Bestimmtheit von ihrer Abstammung sprach, als ich, vielleicht etwas unzart, Saiten berührte, die sonst niemand bei ihr antastete, mußte sie nicht dadurch schon außer sich selbst geraten? Und als sie vollends den Argwohn, die Zweifelsucht des Barons bedachte, wurde sie nicht immer ängstlicher, immer verlegener, und ich", fuhr er fort, indem er sich vor die Stirn schlug, „ich konnte ihr zumuten, ein Geheimnis mit mir zu teilen, daß sie ihrem nächsten Freund, ihrem Gatten, nicht verraten dürfte? Mußte sie nicht fürchten, wenn sie es verheimlichte, ganz in meiner Hand zu sein? Mußte ihr nicht das ganze Anerbieten sonderbar, unzart vorkommen?" Wie hoch, wie edel erschien ihm erst jetzt der Charakter dieser Frau, wo nahm sie bei dieser Jugend, denn sie konnte höchstens neunzehn zählen, solche Stärke, solche Umsicht, solche ungewöhnliche Bildung, solche feinen geselligen Formen her? Er fühlte, vielleicht zum ersten Mal in seinem Leben, daß den Frauen etwas von Feinheit, Schlauheit, Kraft, Überwindung, kurz, daß ihnen ein Geheimnis innewohne, dem der Mann, selbst der stolze, gewichtige, nicht gewachsen sei.

Sechzehntes Kapitel

Der Baron von Faldner war zum Mittagessen zurückgekommen, und Josephe hatte ihn mit der gewohnten Anmut, vielleicht ein wenig ernster als gewöhnlich empfangen. Aber hastig riß er sich aus ihrer Umarmung. „Ist es nicht, um toll zu werden, Fröben?" rief er, ohne seine Frau weiter zu beachten. „Mit horrenden Kosten lasse ich mir eine Dampfmaschine aus England kommen, lasse sie auf die Gefahr hin, daß alles zu Grunde gehe, ausschwärzen, du kennst ja die Gesetze hierüber. Und jetzt, da ich meine, im Trocknen zu sein, da ich schon achtzig, ja hundert Prozent berechnete, jetzt geht sie nicht!"

„Franz!" rief Josephe erbleichend.

„Sie geht nicht!" rief ihr Fröben nach.

„Sie geht nicht!" wiederholte der unglückliche Landwirt. „Die Fugen greifen nicht ein, das Räderwerk steht, es muß irgend etwas verlorengegangen sein. Ich ließ, wie du weißt, Josephe, ich ließ es mich ja alles kosten, mit teurem Gelde ließ ich einen Mechanikus aus Mainz kommen; ich legte ihm die Zeichnung vor. ‚Nichts leichter als dies', sagte der Hund, und jetzt, da ich ihm A zu A, B zu B gebe, denn es ist alles numeriert und beschrieben, jetzt kann es kein

Teufel zusammensetzen; o, es ist um rasend zu werden!“

Man setzte sich verstimmt zu Tische. Der Baron verbiß seinen inneren Grimm über die fehlgeschlagene Hoffnung und den wahrscheinlichen Verlust des Kapitals, er trank viel Wein und exaltierte sich zu schlechten Scherzen. Josephe war noch bleicher als gewöhnlich, sie besorgte still ihr Amt als Hausfrau, und nur Fröben wußte einigermaßen ihre Gefühle zu deuten, denn sie vermied es, ihn anzusehen. Ihm quoll der Bissen im Munde; er sah den Unmut einer getäuschten Hoffnung in den Mienen seines Freundes, er sah den Mut, die Entschlossenheit und doch wieder die unverkennbare Angst in den Mienen der schönen Frau, es war ihm zuweilen, als sei mit ihm erst das Unglück über dieses Haus hereingebrochen. Das Gespräch schlich während der Tafel nur mühsam und stockend hin, doch als das Dessert aufgetragen war und die Diener auf Josephens Wink sich entfernt hatten, holte sie einigemal mühsam Atem, ihre Wangen färbten sich röter, und sie sprach:

„Du hast heute früh eine recht sonderbare Unterhaltung zwischen mir und deinem Freunde versäumt. Schon oft, wie du weißt, klagten wir über Mangel an Verwandtschaft von meiner Seite, jetzt scheint mir auf einmal ein neues Licht aufzugehen, denn er bringt uns ja viele und angesehene Verwandte ins Haus.“

Verwundert und fragend sah Faldner seinen Freund an; dieser war im ersten Augenblicke etwas betroffen, doch hier galt es, mit Umsicht zu handeln. Wunderbar fühlte er in diesem Augenblicke das Übergewicht eines Mannes von Welt über die niedere, beinahe rohe Denkungsart eines Baron Faldner, und mit mehr Gelassenheit, mit weiser Benützung der Umstände erzählte er die sonderbare Geschichte des Bildes und seine Bekanntschaft mit Don Pedro.

Gegen alle Erwartung wurde der Baron zusehends heiterer während der Erzählung, „ei - sonderbar", waren die einzigen Worte, die ihm hie und da entschlüpften, und als Fröben geendet hatte, rief er: „Was ist klarer als dies? Donna Laura Tortosi und Laura von Tortheim, der Schweizer Kapitän Tannensee und dein Vater sind dieselben. Und reich, sagst du, lieber Fröben, reich ist der Haushofmeister? Begütert, unverheiratet und hegt noch die alte Vorliebe für seine Dulcinea von Valencia? Ei der Tausend! Josephchen, da könnte es ja noch eine reiche Erbschaft von Piastern geben!"

Josephe hatte wohl diese Äußerung nicht erwartet; der Gast sah es ihr an, daß sie dieses gemeine Wort lieber ohne Zeugen gehört hätte; aber eine drückende Last schien sich dennoch ihrem Busen zu entladen, sie drückte die Hand ihres Gatten, vielleicht nur, weil er ihr diesmal weniger Bitteres gesagt hatte als sonst, und ziemlich aufgeheitert sagte sie: „Mir selbst scheint in dem sonderbaren Zusammentreffen unseres Freundes mit dem Spanier eine eigene Fügung des Schicksals zu liegen; ja, ich glaube sogar, daß es spanische Lieder waren, die hie und da meine Mutter, wenn sie einsam war, zur Laute sang. Ja vielleicht kömmt es eben daher, daß ich nicht in Eurem Glauben erzogen wurde, obgleich mein Vater, wie ich bestimmt weiß, reformierten Glaubens war. Nun, das beste ist, unser Freund schreibt an Don Pedro."

„Ja, tu mir den Gefallen", sagte Faldner; „schreibe an den alten Don, seine Laura habest du nicht gefunden, aber offenbar ihre Tochter; es könnte doch zu etwas führen, du verstehst mich schon; wem will er auch seinen Mammon vermachen als dir, du Goldkind? Ich habe es ja immer gesagt, und auch zur Gräfin Landskron sagt' ich es, als ich um dich anhielt, wenn sie auch nicht viel, eigentlich gar nichts hat, mit ihr kommt Segen in mein Haus. Und haben wir da nicht den Segen? Wie hoch, sagtest du, daß du den Spanier schätzest?"

Siebzehntes Kapitel

Der Baron hatte frische Flaschen befohlen, und Josephe stand bei den letzten Worten auf und entfernte sich. Unbegreiflich war Fröben, wie unzart sein Freund mit dem holden, edlen Wesen verfuhr, er fühlte, wie sie sich vor ihm der Gemeinheit ihres Gatten schämte, er fühlte es und antwortete daher ziemlich unmutig: „Was weiß ich; meinst du denn, ich frage die Leute, mit denen ich umgehe, wie ein Engländer: Wieviel wiegst du?"

„Ach, ich kenne ja deine sonderbaren Grillen über diesen Punkt", lachte der Baron, „dir ist ein armseliger Geselle, wenn er nur das sogenannte Sentiment und Savoir vivre besitzt, so gut als einer, der zweimal hunderttausend Pfund Rente hat; aber ernstlich, mit dem Don müssen wir ins reine kommen, und ich rechne ganz auf dich."

„Ja doch; du kannst gänzlich auf mich rechnen. Aber wie war es mit der Gräfin Landskron? Du sagtest mir ja noch nicht einmal, wie du deine Frau kennenlerntest."

„Nun, das ist eigentlich eine kurze Geschichte", erwiderte Faldner, indem er sich und dem Freunde von neuem Wein in das Glas goß; „du kennst meinen praktischen Sinn, meinen richtigen Takt in dergleichen Dingen. Es stand mir die Wahl frei unter den

Töchtern des Landes; reiche, bemittelte, schöne, hübsche, alles stand mir zu Gebot. Aber ich dachte: Nicht alles ist Gold, was glänzt, und suchte mir eine tüchtige Hausfrau. So kam ich durch Zufall auch auf das Gut der Gräfin Landskron. Josephe war damals noch als Fräulein von Tannensee ihre Gesellschaftsdame. Das emsige, geschäftige Kind gefiel mir; Tee eingießen, Äpfel schälen, Bohnen brechen, Blumen begießen, kurz, alles wußte sie so zierlich und nett zu machen, daß ich dachte, diese oder keine wird eine gute Hausfrau werden. Ich sprach mit der Gräfin darüber. Zwar schreckten mich anfangs die kurzgefaßten Nachrichten wieder ab, die mir die Landskron über Josephens Verhältnisse geben konnte. Sie sagte mir, daß sie Josephens Mutter gekannt und nach ihrem Tode das Mädchen zu sich genommen habe; Vermögen hatte sie nicht, aber die Gräfin gab eine anständige Ausstattung. Das Kopulationszeugnis ihrer Eltern, ihr Taufschein waren richtig – nun, man ist ja in der Liebe gewöhnlich ein Narr, und so nahm ich sie zu mir."

„Und bist gewiß unendlich glücklich mit diesem holden Wesen?"

„Nun, nun, das geht so; praktisch ist sie nun einmal gar nicht, und ich muß ihr die dummen Bücher ordentlich konfiszieren, nur daß ich sie an Haus und Garten gewöhne; denn wie will man am Ende hier auf dem Lande auskommen, wenn die Hausfrau sich vornehm in das Sofa setzt, Romane und Almanache liest, empfindelt, wozu sie ohnedies großen Hang hat, und weder Küche noch Garten besorgt?"

„Aber mein Gott, dazu könntest du ja Mägde halten?" bemerkte Fröben, den der Wein und das Gespräch noch wärmer und unmutiger gemacht hatten.

„Mägde?" fragte Faldner lachend und sah ihn groß an. „Mägde! Da sieht man wieder den Theoretiker!

Freund, davon verstehst du nichts! Würden mir nicht die Mägde hinterrücks den halben Garten, die schönen Gemüse, Obst und Salat verkaufen? Und vollends in der Küche. Woher nur Holz und Butter genug nehmen, wenn alles den Mägden anvertraut ist! Nein, die Frau muß doch schalten und walten, und leider! bin ich da mit Josephen schlecht gefahren; doch komm, stoß' an; der Don soll alles gut machen!"

Fröben, so sehr sein Herz, sein zarterer Sinn durch alles, was er hier sah und hörte, verletzt wurden, wagte nichts entgegenzureden. Er folgte dem Hausherrn, als dieser jetzt aufstand, hielt seine Umarmung geduldig aus und nahm sogar, mehr um Josephen sobald nach diesem Vorfall nicht zu sehen als aus Freude an des Barons Gesellschaft, seine Einladung an, ihn nach der neuen Dampfmühle zu begleiten. Die Pferde wurden vorgeführt, die Männer schwangen sich auf, und schon wollte Fröben um die Ecke biegen, als er noch einen Blick zurückwarf und Josephens Gestalt im Fenster erblickte; sie zog ihr Tuch von dem Auge, sie blickte ihnen wehmütig nach, sie grüßte mit der zierlichen Hand. „Deine Frau winkt uns noch, um Abschied zu nehmen", rief er Faldner zu; aber dieser lachte ihn aus. „Was meinst du denn?" sagte er im Weiterreiten. „Glaubst du, ich habe sie so zart und weich gewöhnt, daß wir auf einen Nachmittag mit Küssen und Drücken, mit Grüßen und Schnupftuchwedeln Abschied nehmen? Gott bewahre mich, dadurch verwöhnt man die Weiber, und wenn es dir einmal begegnen sollte, daß du auch heiratest, so mache es um Gottes willen wie ich. Kein Wort von einer Reise oder einem Spazierritt vorher. Das Pferd wird vorgeführt – ‚Wohin, mein Lieber?' fragt sie dann das erste oder zweite Mal. Keine Antwort, sondern die Handschuh angezogen. ‚Aber wirst du mich denn so allein lassen?' fragt sie weiter und streichelt dir die Wangen; du nimmst getrost die Reitpeitsche und sagst: ‚Ja, ich will heute abend noch auf das Vorwerk, es ist dies und das zu tun. Adieu! und wenn ich bis neun Uhr nicht zu Hause bin, brauchst du mit der Suppe nicht zu warten.‘ Sie erschrickt, du achtest es nicht; sie will nach, du winkst ihr mit der Reitgerte zurück; sie stürzt ans Fenster, hängt sich und das Tränentüchlein heraus und ruft Adieu! und wedelt hin und her mit der weißen Fahne. Laß wehen und achte nicht darauf! Drück dem Gaul die Sporen in den Leib und davon; ich kann dir schwören, das setzt die Weiber in Respekt. Das dritte Mal fragte die meine nicht mehr, und Gottlob! das Gewinsel hat ein Ende!“

Der Baron hatte während dieser trefflichen Rede in größter Gemütsruhe eine Pfeife gestopft, Feuer angeschlagen und dampfte jetzt, indem er seine Felder und Wälder überschaute, ohne eine Antwort seines Gastes zu erwarten; aber dieser preßte die Lippen zusammen, und noch stärker preßte die Rede des rohen Mannes sein volles Herz. „O du Hund von einem Menschen“, sprach er bei sich, „schlechter noch als ein Hund, denn der Herr hat dir ja Vernunft gegeben. Wie man ein Pferd zureitet oder einen Baum in bessere Erde setzt, hast du gelernt, aber eine schöne Seele zu behandeln, ein liebendes Herz zu verstehen, liegt außer deinen Grenzen. Wie sie ihm nachsah, so voll Wehmut, denn er hatte ja nicht von ihr Abschied genommen, so voll Engelsgeduld, sie hatte ihm ja seine rohen Worte schon wieder vergeben; mit einem Blicke so voll von Liebe! Von Liebe? K a n n sie ihn denn lieben? Wird nicht ihr zarter Sinn tausendmal von ihm beleidigt? Sieht sie denn nicht, wie er seinem Jagdhund mehr Zärtlichkeit beweist als ihr? Oder wie?“ fuhr er in seinem Hinträumen fort, „sollte sie, weil sie einmal sein Weib geworden ist, Zärtlichkeit für den fühlen, den sie an Geist so weit überragt und den sie dennoch – fürchtet? Oder sollte es immer und ewig das Los dieser armen Wesen sein, daß unter hunderten nur eine wahrhaft lieben darf, daß die anderen von der Natur zu einem herrlichen Gefäß zärtlicher, hoher Liebe ausgerüstet, erwachsen, blühen, verwelken, ohne wahre Liebe zu kennen? Doch, dieser Gedanke wäre mir noch erträglicher als der, daß sie ihn wirklich lieben könnte! Nein, es kann, es darf nicht sein!" Unwillkürlich hatte er bei dem letzten Gedanken durch eine rasche Bewegung seinem Pferde die Sporen gegeben, es raffte sich auf und flog dahin. „Ho, ho, Junge! Du willst mit mir in die Wette reiten?" rief ihm der Baron nach und steckte die Pfeife bei. „Zweihundert Schritte gebe ich dir vor und hole dich dennoch ein." Kunstgerecht berechnete er dann den Zwischenraum, und als er dachte, Fröben habe die vorgegebenen Schritte zurückgelegt, ließ er sein Pferd weit ausstreichen und gelangte zu seinem nicht geringen Triumph in demselben Moment mit dem Freunde vor der Dampfmühle an.

Achtzehntes Kapitel

Der Mechanikus, ein bescheidener Mann, der aber allgemein den Ruf großer Geschicklichkeit genoß, empfing sie an der Tür. „Noch immer nicht weiter?" fragte Faldner, indem sein Gesicht sich sehr verfinsterte. „Wahrhaftig, entweder ist mein Korrespondent in London ein Schurke und verdient gehangen zu werden, oder Ihr Meister Fröhlich versteht zwar Taschenuhren zusammenzudrechseln, aber keine Dampfmühle aufzuschlagen, wie Ihr mir vorspiegelt."

Der Mann schien tief gekränkt durch die Worte des Barons; eine hohe Röte überflog sein Gesicht, und ein bitteres Wort schwebte auf seinen Lippen, aber er unterdrückte es und fuhr mit der Hand über sein schlichtes Haar, als wollte er seinen inneren Unmut wie seine Haare glätten. „Halten zu Gnaden, Herr Baron“, antwortete er; „wenn man mir Aufriß und Berechnung einer Maschine vorlegt und dazu Räderwerk und Schrauben so genau verzeichnet sind, so will ich eine Maschine zusammensetzen, wenn ich sie auch nie zuvor gesehen. Aber dann muß ich freies Spiel haben, und dann steh' ich auch davor, daß alles recht wird, aber so –“

„Nun, daß ich selbst ein wenig mitgeholfen, meint Ihr? Darauf soll also alles geschoben werden? Ihr sagt selbst, daß Ihr in Eurem Leben noch keine solche Maschine gesehen, und ich habe eine gesehen, zwei, drei, in Frankreich und England, und weiß recht gut, daß die größeren Räder in die Mitte des Zylinders eingreifen und die kleineren oben angebracht sind –“

„Aber mein Gott, erlauben Euer Gnaden“, entgegnete der Künstler ungeduldig, „diese Ihre Dampfmühle ist nun einmal nach anderer Struktur, das kann man ja schon an der Zeichnung sehen –“

„Zeichnung hin, Zeichnung her, Dampfmaschinen sind Dampfmaschinen, und eine sieht aus wie die andere. Betrogen bin ich; von allen Seiten angeführt, das Geld zum Fenster hinausgeworfen!“

Fröben hatte indessen die Zeichnung zur Hand genommen und sie durchgesehen. Er fand, daß die Struktur dieser Mühle sehr einfach und schön und, wenn die bezeichneten Räder und Schrauben paßten, sehr leicht aufzuschlagen sei. Er hatte in früheren Zeiten Mathematik und Physik gründlich studiert, er hatte zugleich mit dem Freunde die berühmtesten Maschinenwerke gesehen und kennengelernt, kam aber, weil er sich selten darüber äußerte, bei dem

Herrn von Faldner, der sich mit seinen Kenntnissen ungemein viel wußte, in den Verdacht, wenig oder nichts vom Maschinenwesen zu verstehen. Er wandte sich nun, als Faldners Unmut noch größer zu werden drohte, an den Mechanikus, fragte nach diesen oder jenen Stücken, die auf der Zeichnung angegeben waren, und als jener sie vorwies, als man sah, wie richtig sie ineinander passen, sagte er zu Faldner: „Ich wollte wetten, du bist durchaus nicht betrogen, denn so gut hier F und H in P passen – du siehst, es sind die Hauptzüge, wodurch die Stampfmühle mit der Ölpresse in Verbindung gesetzt wird –, so gut muß sich auch das übrige fügen."

„Ach, Sie hat unser Herrgott hergesandt", rief der Mechanikus freudig, „wie Sie doch dies gleich wegbekamen! Ja, das F ist der Hauptzug, H hier greift in das Stangenwerk ein, hier wird das Rad KL befestigt."

„Die Maschine ist sehr einfach", fuhr Fröben fort, „und der ganze Irrtum meines Freundes kommt daher, daß er die Struktur größerer Werke vor Augen hat, die freilich anders aussehen. Du wirst dich übrigens erinnern, daß wir in Devonshire bei Sir Henry Smith eine Ölmühle sahen, die beinahe ganz nach diesem Plane gebaut war."

Der Baron verbarg sein Staunen hinter einem ironischen Lächeln, womit er bald den Freund, bald den Mechanikus ansah. „Macht, was ihr wollt", sagte er gleichgültig, „ich gebe die ganze Geschichte verloren; vernünftiger wäre es gewesen, ich hätte einen englischen Mechaniker mitkommen lassen. Versuche immer dein Heil an dem heillosen Schraubenwerk; ich denke, wenn ich dich in einigen Stunden abhole, wirst du dieses Maschinen-Abc schon satthaben; denn darin, ich weiß es ja, bist du doch nur ein Abc-Schütze." Pfeifend verließ er das Gebäude, setzte sich auf und ritt in den Wald.

Fröben aber ließ sogleich wieder auseinanderlegen, was nach des Barons eigenmächtigem Plane bisher zusammengefügt war. Die Nummern wurden geordnet, und er wurde unter diesem Geschäft nach und nach heiterer, denn es zerstreute die düsteren Bilder in seiner Seele, und nicht ohne Lächeln bemerkte er, wie ihn der Mechanikus mit leuchtenden Blicken betrachtete, wie ihn seine Gesellen und Jungen gleich einem Altmeister ihrer Kunst ehrfurchtsvoll ansahen. Freude und Leben war in die Werkstätte gekommen, wo man diesen Morgen nur die Befehle, die Flüche des Barons, die Bitten und Gegenreden des Meisters gehört hatte; bald war alles in Ordnung gebracht, und als der Baron abends aus dem Walde zurückkam, seinen Gast abzuholen, erstaunte er und schien sich im ersten Augenblick nicht einmal über das sichtbare Fortschreiten des Werkes zu freuen. Er hatte erwartet, alles in Bestürzung und Konfusion zu treffen, aber der Mechanikus überreichte ihm lächelnd die Zeichnung, führte ihn an den Zylinder und zeigte ihm, indem er bald auf das Papier, bald auf das Werk hindeutete, mit stolzer Freude, was sie bis jetzt schon geleistet hatten. „Wenn es so fortgeht", setzte der Mechanikus hinzu, „und wenn der fremde Herr dort uns auch morgen so trefflich an die Hand geht, so garantiere ich, daß wir noch vor Sonntag fertig werden."

„Tolles Zeug!" war alles, was der Baron antwortete, indem er die Zeichnung zurückgab, und Fröben war ungewiß, ob es Flüche oder Danksagungen seien, was sein Freund hin und wieder murmelte, als sie zusammen nach dem Schloß zurückritten.

Der glückliche Fortgang des Maschinenbaues, vielleicht auch die schimmernde Aussicht auf Don Pedros spanische Quadrupeln, hatte den Baron in den nächsten Tagen fröhlicher gestimmt. Fröben hat-

te an den Spanier nach W. geschrieben, und sein Gastfreund nahm ihm das Versprechen ab, solange bei ihm zu verweilen, bis aus W. eine Antwort eingelangt sei. Auch gegen Josephe betrug er sich etwas menschlicher, und er hatte ihr, wahrscheinlich mehr aus Rücksicht auf den Freund als auf sie, sogar erlaubt, daß sie ihre Haushaltungsgeschäfte abkürzen und vormittags oder abends, wenn ihn selbst Geschäfte abhielten, sich von Fröben vorlesen lassen oder Spaziergänge mit ihm machen dürfe. Und sie lebte in diesen wenigen Tagen zusehends auf. Ihre Haltung wurde kräftiger, ihre Wangen rötete ein Schimmer von stillem Vergnügen, und in manchen Augenblicken, wenn ein holdes Lächeln um ihre Lippen zog, wenn jene feinen Grübchen in den Wangen erschienen, gestand sich Fröben, daß er selten eine schönere Frau gesehen habe, ja ihr Anblick verwirrte ihn oft so ganz, daß er ein geliebtes Bild seiner Träume verwirklicht glaubte, daß halbversunkene Erinnerungen wieder in ihm auftauchten, daß ihm sogar ihre Stimme, wenn sie bewegt, gerührt war, so bekannt deuchte, als hätte er sie nicht hier zum ersten Mal gehört.

Seltener zog er in jenen Tagen das Bild hervor, das er sonst stundenlang betrachtet hatte, und wenn es ihm zufällig in die Hände fiel, wenn er es aufrollte, wenn er in das Auge der unbekannten Geliebten sah, so fühlte er sich beschämt, er glaubte, ihrem leblosen Bilde diese Vernachlässigung abbitten zu müssen. „Doch“, sprach er dann zu sich, als müßte er sich entschuldigen, „ist es denn unrecht, der armen Freundin einige Tage ihres freudlosen Lebens angenehmer zu machen? Und wie wenig gehört dazu, dieses holde Wesen zu erfreuen, sie glücklicher zu stimmen! Ein schönes Buch mit ihr zu lesen, mit ihr zu sprechen, sie auf einem Spaziergang an ihre

Lieblingsplätzchen zu begleiten - dies ist ja alles, was sie braucht, um heiter und froh zu sein. Welchen Himmel könnte Faldner in seinem Hause haben, wenn er nur zuweilen die eine oder die andere dieser kleinen Freuden mit ihr teilte!"

Der junge Mann fühlte sich übrigens, ohne daß er es sich selbst recht gestand, angenehm berührt, geschmeichelt von Josephens Anhänglichkeit an ihn. Schien ihr nicht jeder Morgen, jeder Abend ein neues Fest zu sein? Wenn er herabkam zu Frühstück, hatte sie schon alles zierlich und nett bereitet; bald wählte sie den Saal, der eine herrliche Aussicht auf den fernen Rhein öffnete, bald die Terrasse, von wo sie das ländliche Gemälde der Arbeiter in den Feldern und an den Weinbergen vor sich hatten, so nah, um alles wie ein treues Tableau zu betrachten, und doch ferne genug, um im stillen Genuß des Morgens nicht gestört zu sein, bald hatte sie eine Laube im Garten ausgesucht, wo die Welt ringsum von dichten Platanen abgeschlossen und nur der frischen Morgenluft oder dem Frührot der Zutritt gestattet war. So erschien sie immer neu und überraschend, und wenn der Freund herzutrat, wie freudig stand sie auf, wie hold bot sie ihm die Hand zum Gruße, wie lebhaft wußte sie, wenn er noch, ganz in ihren Anblick versunken, ohne Worte war, das Gespräch anzuknüpfen, dies und jenes zu erzählen, durch Laune und feine Beobachtung allem, was sie sagte, ein eigenes Gewand, einen eigentümlichen Reiz zu geben! Und wenn sie dann nachher schnell und emsig das Gerät des Frühstücks auf die Seite räumte, wenn er sein Buch hervorzog, wenn sie mit der Arbeit, die sie selten beiseite legte, ihm sich gegenübersetzte und erwartungsvoll an seinen Lippen hing, da war es ihm oft, als müsse er alles, die ganze Welt vergessen, und einen kleinen, kurzen, seligen Augenblick träumte er, er sei ein glücklicher Gatte und sitze hier an der Seite eines geliebten Weibes.

Neunzehntes und zwanzigstes Kapitel

Es gereichte Josephen in den Augen ihres Freundes zu keinem geringen Ruhme, daß sie gerade jenen Dichter zu ihrem Liebling erwählt hatte, der auch ihn vor allen anzog. Zwar mußte er oft bei Vorlesungen aus Jean Pauls herrlichen Dichtungen zu Hilfe kommen, um dieses oder jenes dunkle Gleichnis zu erklären; aber sie faßte schnell, ihr natürlicher Takt und ihr zarter Sinn, der so ganz in dem Dichter lebte, ließen sie manches erraten, ehe ihr noch der Freund Gewißheit gegeben hatte.

„Es liegt doch“, sagte sie eines Tages, „eine Welt voll Gedanken in diesem Hesperus! Jede menschliche Empfindung bei Freude und Schmerz, bei Liebe und Gram liegt zergliedert vor uns da; er weiß uns, indem wir den süßen Duft einer Blume einsaugen, ihre innersten Teile, ihre zarten Blätter, ihre feinsten Staubfäden zu beschreiben, ohne daß er sie zerstört, entblättert. Denn, das glaube ich, ist ja das große, tiefe Geheimnis dieses Meisters, daß er jede tiefere Empfindung nicht beschreibt, sondern andeutet, und doch wieder nicht flüchtig andeutet, sondern wie durch das feine Mikroskop eines Gleichnisses uns einen tiefen Blick in die Menschenseele tun läßt, wo Gedanke an Gedanke aufsteigt und das Auge überrascht, aber entzückt über die wundervolle Schöpfung in eine Träne übergeht.“

„Sie haben“, erwiderte der Gastfreund, „wie es mir scheint, in diesen Worten sein Geheimnis wirklich ausgesprochen. Mir ist sonst, ich gestehe es offen, nichts so in der innersten Seele zuwider als das sichtbare Abmühen eines Autors, dem Leser recht klar und deutlich zu machen, was sein Held oder die Heldin oder eine dritte, vierte Person da oder dort empfunden oder gedacht. Aber unser Dichter! Wie herrlich, wie reich ist auch hierin seine Erfindung; wir leben, wir denken, wir meinen unwillkürlich mit Viktor, und Klotildens bleichere Wangen, ihre klagelose Trauer trifft uns tiefer, als jede Beschreibung es sagen kann, und im warmen, weichen Glück der Liebenden möchten wir ein Strahl der Abendsonne sein, der in der Laube um ihre Umarmung spielt, jene Nachtigall, die ihnen die fromme Feier ihrer Seligkeit mit ihrer glockenhellen Stimme einläutete."

„Es ist sonderbar", bemerkte Josephe, „der Faden dieses Romans, was man sein Gerippe nennt, würde uns bei anderen nicht im mindesten interessant, vielleicht sogar gesucht, langweilig dünken. Sechs verlorene, vertauschte, wiedergefundene Söhne, statt daß z. B. Walter Scott gewöhnlich nur e i n e n hat und sogar der Verfasser des W a l l a d m o r in seiner Parodie mit zweien sich begnügt; eine junge Dame, die zu ihrer Qual von ihrem Bruder geliebt wird, selbst aber seinen Freund liebt; ein kleiner, simpler Hof in Duodez, ein Pfarrhaus voll Ratten und Kinder und ein Edelsitz, wo Unedle wohnen; denken Sie sich diese gewöhnlichen Dinge in einer Reihenfolge, so haben Sie einen unserer gewöhnlichen Romane von verlorenen Söhnen und nicht einmal einen rechten Jammer, um mich so auszudrücken, als etwa Le Beaus Ermordung durch den Hofjunker oder das tragische Ende des Lords im fünften Akte. Aber welch ein Leben, welch eine Welt wird aus dieser Geschichte, wenn ihr jener Dichter seinen Blumenmantel umhängt! Welche geistreiche Luft, höher und reiner als jede irdische, kömmt uns aus der verehrenden Liebe Viktors und Klotildens zu ihrem Lehrer Emanuel, welche Wehmut aus den Täuschungen eines kalten Lebens, wenn Viktor und jenes liebenswürdige Wesen sich verkennen, nicht finden; welche Wonne endlich, wenn ihre Seelen unter dem nächtlichen gestirnten Himmel im Schmerz der Trennung sich aufschließen und überströmen in Liebe!"

„Ja", rief der junge Mann, „unser Dichter ist ein großer Musiker. Er hat ein ausgespieltes, altes, längst gehörtes Thema vor sich; aber indem er den Gang des alten Liedchens beibehält, führt er die Gedanken auf eine Weise aus, die uns so überraschend, so neu erscheint, daß wir das Thema vergessen und nur auf die Wendungen horchen, in die er übergeht, in welchen er die Himmelsleiter der Töne wie ein Engel auf- und abgeht und uns einen geöffneten seligen Himmel im Traume zeigt, während wir vielleicht wie Jakob in der Wirklichkeit auf recht hartem Lager liegen. Dann ist er bald weich wie eine Flöte, durchdringend wie die Oboe, bald voll, rührend wie das Waldhorn aus der Ferne, bald braust er daher wie mit den mächtigsten, tiefsten Bässen, majestätisch, erhaben, bald nur sanft lispelnd wie die Äolsharfe oder in Wehmut aufgelöst wie die Töne der Harmonika."

„Wie danke ich es ihm", sagte Josephe weich, „daß er versöhnt, daß er die Wunden unserer Wehmut heilt! Es hätte ja in seiner Macht gestanden, Klotilden untergehen zu lassen im Schmerze unerwiderter Liebe, vor ihrem Tode hätte ihr Viktor noch zugerufen: Ich liebe dich ja über alles, und sie wäre lächelnd eingeschlafen. Denken Sie sich den ungeheuren Schmerz, die Bitterkeit gegen das Geschick, wenn wir diese Menschen so hätten untergehen sehen, ohne Hoffnung, ohne Trost! Aber es wäre ja nicht möglich gewesen; Viktor hätte nicht so lange geliebt, hätte sich an Joachime oder die Fürstin hingegeben, denn ein Mann kann ja ohne erwiderte Liebe nicht lange lieben!"

„Glauben Sie das wirklich?“ erwiderte Fröben wehmütig lächelnd. „O wie wenig müssen Sie uns kennen, wie klein müssen Sie von uns denken, wenn wir nicht einmal den Mut besäßen, dieses kurze Leben hindurch treu zu lieben, auch ohne geliebt zu werden!“

„Ich halte es bei Frauen für möglich“, sagte die schöne Frau; „Liebe ohne Gegenliebe ist ein tiefes Unglück, und Frauen sind ja mehr dazu gemacht, stille Leiden zu tragen, ein Erdenleben lang, als Ihr. Der Mann würde einen solchen Gram von sich werfen, oder der glühende Kummer müßte ihn verzehren!“

„Beides nicht - ich lebe ja noch und liebe“, sagte Fröben, zerstreut vor sich hinblickend.

„Sie lieben!“ rief Josephe, und mit so eigenem Tone, daß der junge Mann erschrocken aufblickte; sie schlug die Augen nieder, als ihr sein Blick begegnete, eine tiefe Röte überflog ihr Gesicht und ging ebensoschnell wieder in tiefe Blässe über.

„Ja“, sagte er, indem es ihm mit Mühe gelang, es scherzhaft zu sagen: „Der Fall, den Sie setzten, ist der meinige, und noch liebe ich, vielleicht ruhiger, aber nicht minder innig als am ersten Tage, ich liebe sogar beinahe ohne Hoffnung, denn die Dame meines Herzens weiß nicht um meine Liebe, und dennoch, wie Sie sehen, hat mich der Kummer noch nicht getötet.“

„Und darf man wissen“, sagte sie zutraulich, aber wie es Fröben schien, mit zitternder Stimme, „darf man wissen, wer die Glückliche ist?“

„Ach, sehen Sie, das ist gerade das Unglück, ich weiß ja nicht, wer sie ist, noch wo sie sich aufhält, und liebe dennoch; ja, Sie werden mich für einen zweiten Don Quixote halten, wenn ich gestehe, daß ich sie nur einige Male flüchtig sah, mich nur noch einiger Partien ihres Gesichtes erinnern kann und dennoch in der Welt umherstreife, um sie zu finden, weil es mir zu Hause keine Ruhe läßt."

„Sonderbar", bemerkte Josephe, indem sie ihn nachdenklich ansah, „sonderbar; es ist wahr, ich kann mir einen solchen Fall denken, aber dennoch machen Sie eine seltene Ausnahme, lieber Fröben; wissen Sie denn, ob Sie geliebt werden? Ob das Mädchen Ihnen treu ist?"

„Nichts weiß ich von diesem allen", erwiderte er ernst und mit verschlossenem Grame, „ich weiß nichts, als daß ich glücklich wäre, wenn ich jenes Wesen mein nennen könnte, und weiß nur allzugut, daß ich vielleicht auf immer verzichten muß und nie ganz glücklich werde!"

Je seltener sonst der junge Mann über diese Gefühle sich aussprach, desto mächtiger kamen in diesem Augenblicke alle Schmerzen der Erinnerung an gramvolle Stunden und eine Wehmut über ihn, der er sich nicht gewachsen fühlte. Er stand schnell auf und ging aus der Laube dem Schlosse zu. Aber Josephe sah ihm mit Blicken voll unendlicher Liebe nach, Träne um Träne löste sich aus den zuckenden Wimpern, und erst, als sie wie ein Quell auf ihre schöne Hand herabfielen, erweckten sie Josephen aus ihren Träumen. Und beschämt, als hätte sie sich bei einer geheimen Schuld belauscht, errötete sie und preßte ihr Tuch vor diese verräterischen Augen.

Einundzwanzigstes Kapitel

Die Vorhersagung des alten Mechanikus war eingetroffen, denn mit dem letzten Tage der Woche waren auch die Maschinen der Dampfmühle fertig aufgestellt. Der Baron, so unmutig er anfangs gewesen war, hatte in der Freude seines Herzens, als der erste

Versuch glücklich gelungen war, den Alten und seine Gesellen reichlich beschenkt entlassen und auf Sonntag alle seine Nachbarn in der Umgegend eingeladen, um mit einem kleinen Feste seine Mühle einzuweihen. So glücklich und heiter er an diesem Tage war, so fröhlich und jovial er seine zahlreichen Gäste empfing, so entging es doch Fröbens beobachtenden Blicken nicht, daß er die arme Josephe mit hunderterlei Aufträgen und Anordnungen plagte, daß sie ihm nichts zu Danke machen konnte. Bald sollte sie in der Küche sein, um das Gesinde anzutreiben und selbst mitzuhelfen, bald besserte er dies oder jenes an ihrem Putze, bald wollte er vor Ungeduld verzweifeln, wenn sie nicht schnell genug die Treppe herabflog, um mit ihm am Portal die Ankommenden zu empfangen, bald wollte er die Tafel so oder anders gestellt haben, bald wollte er den Kaffee im Garten, bald im Salon trinken. Mit Engelsgeduld und einer Resignation, die dem Freunde unbegreiflich war, ertrug sie alle diese Unbilden. Sie war überall, sorgte für alles und wußte sogar einen Augenblick zu finden, um den Gastfreund zu fragen, warum er gerade heute so trübe sei, ihn aufzumuntern, an der allgemeinen Fröhlichkeit teilzunehmen.

Allgemein entzückte die Schönheit, die behende Aufmerksamkeit der Hausfrau; die Männer priesen den Baron glücklich, einen solchen Schatz im Hause zu haben, und mehrere der älteren Damen sagten ihm unverhohlen ihre Bewunderung über die seltenen Talente zur Wirtschaft, über die Einsicht und Ordnung einer so jungen Frau. „Siehst du", flüsterte der Glückliche Fröben zu, „siehst du, was eine Zucht wie die meinige Wunder wirkt? Ich bin im ganzen heut recht zufrieden mit ihr, aber wenn ich nicht im Geheimen überall selbst nachhülfe, wie stünde es dann um die wirtschaftliche Ehre der Hausfrau! Aber es macht sich, ich sagte es ja immer, es macht sich.“ Die allgemeine Fröhlichkeit und der Wein steigerten Faldner immer höher, und es war endlich hohe Zeit, die Tafel aufzuheben, denn er und einige Herren aus der Nachbarschaft erlaubten sich schon Scherze und Anspielungen, welche jedes zartere Ohr beleidigten.

Man fuhr nach der neuen Dampfmühle, man weihte sie unter Scherzen und Lachen förmlich ein, man ging wieder zurück und staunte aufs neue über die geschmackvollen und doch so bequemen Anordnungen, welche Josephe indessen im Garten getroffen hatte. Sie hatte es gewagt, nach ihrer eigenen Erfindung schnell eine große geräumige Laube errichten zu lassen; alle möglichen Erfrischungen erwarteten dort die Gäste, und ihr allgemeines Lob bewirkte ein Wunder: Der Baron wurde nicht einmal ungehalten, daß man junge Eschen und Tannen aus seinem Walde zu der Laube verwendet, daß man seinen eigenen Plan, ein Zelt aus Brettern und Teppichen aufzuschlagen, nicht befolgt hatte. Er küßte seine Frau auf die Stirn und dankte ihr für die angenehme Überraschung.

Man setzte sich in bunten Reihen umher. Die Männer sprachen den alten Weinen des Hausherrn fleißig zu, und bald hatte eine allgemeine Fröhlichkeit die Gesellschaft erfaßt. Man spielte witzige, geistreiche Spiele, und als die mutwillige Laune der Männer noch höher stieg, wurden sogar Pfänderspiele nicht verschmäht. So kam es, daß bei ihrer Auslösung auch Fröben sein Pfand mit einer Strafe lösen sollte, und Josephe, welcher die Bestimmung dieser Strafe aufgelegt war, befahl ihm, eine wahre Geschichte aus seinem Leben zu erzählen. Man gab ihrer Wahl allgemeinen Beifall, der Baron schlug vor Freude über seine kluge Frau in die Hände, und als Fröben zauderte und sich besann, rief er: „Nun, soll ich etwas für dich erzählen aus deinem Leben? Etwa die pikante Geschichte von dem Mädchen vom Pont des Arts?"

Fröben errötete und sah ihn mißbilligend an; aber die Gesellschaft, die hier vielleicht ein lustiges Geheimnis ahnte, rief: „Die Geschichte von dem Mädchen, die Geschichte vom Pont des Arts!" Und vielleicht nur, um der Indiskretion seines Freundes zu entgehen, den der Wein schon etwas über die gewöhnlichen Grenzen hinausgerückt hatte, bequemte er sich zu erzählen; der Baron aber versprach der Gesellschaft, sobald der Erzähler von der genauen Wahrheit abweichen werde, wolle er Noten zu dieser Geschichte geben, denn er sei selbst dabeigewesen.

Zweiundzwanzigstes Kapitel

„Ich weiß nicht", hub Fröben an, „ob der Gesellschaft bekannt ist, daß ich vor mehreren Jahren mit unserem Faldner reiste, namentlich in Paris mit ihm einige Zeit zusammenlebte, ja ein Haus mit ihm bewohnte? Wir hatten so ziemlich gemeinschaftliche Studien, besuchten dieselben Zirkel, machten gegenseitig unsere früheren Bekannten mit dem Freunde bekannt und lebten auf diese Weise unzertrennlich. Wir hatten einen gemeinschaftlichen Freund, den ebenso liebenswürdigen als gelehrten Doktor M., einen Landsmann, der in der Rue Taranne wohnte, die bekanntlich in die Rue St. Dominique führt und auf dem linken Ufer der Seine liegt. Unser gewöhnlicher Abendspaziergang war durch die Champs Elysées über die schöne Brücke ins Marsfeld und von da durch Faubourg St. Germain in die Wohnung unseres Freundes, wo wir oft noch bis tief in der Nacht vom Vaterlande, von Frankreich, von dem, was wir gesehen, von allem möglichen plauderten. Wir wohnten, um dies noch hinzuzusetzen, am Place de Victoires, ziemlich entfernt von der Rue Taranne und wählten zum Rückweg gewöhnlich den Pont des Arts, um das Louvre zu durchschneiden und uns einen Umweg durch die Seitenstraßen zu ersparen. Eines Abends, es mochte nach elf Uhr sein - es hatte etwas geregnet, und der Wind wehte besonders in der Nähe des Flusses sehr kalt und schneidend -, gingen wir auch vom Quai Malaquais über den Pont des Arts dem Louvre zu. Der Pont des Arts ist nur für Fußgänger zugänglich, und so kam es, daß um diese Zeit nicht mehr viel Leben um und auf der Brücke war. Wir gingen, die Mäntel fester um uns ziehend, stillschweigend über die Brücke; schon wollte ich die Brückenstufen auf der anderen Seite hinabeilen, als ein überraschender Anblick mich festhielt.

An die Brücke gelehnt, stand eine schlanke, ziemlich hohe weibliche Gestalt. Ein schwarzes Hütchen war tief ins Gesicht geknüpft und zum Überfluß noch mit einem grünen Schleier versehen; ein schwarzer Mantel von Seide fiel um den Leib, und der Wind, der die Gewänder in diesem Augenblicke fester anschmiegte, verriet eine ungemein zarte jugendliche Taille; aus dem Mantel ragte eine kleine Hand hervor, die einen Teller hielt; vor ihr aber stand ein kleines Laternchen, dessen Licht unruhig flackerte, sein Schein fiel auf einen zierlichen Fuß. Es wohnt vielleicht nirgends so sehr als in jener Stadt das tiefste Elend neben dem höchsten Glanze und Wohlleben, aber dennoch sieht man verhältnismäßig wenige Bettler. Sie drängen sich selten unverschämt herzu, und nie wird man sehen, daß sie dem Fremden nachlaufen, ihn mit Bitten verfolgen. Alte Männer oder Blinde sitzen oder knien an den Ecken der Straßen, den Hut ruhig vor sich hinhaltend, und überlassen es dem Vorübergehenden, ob er ihren bittenden Blick beachten will.

Am schauerlichsten, wenigstens für mein Gefühl, waren immer jene verschämten Bettler, die nachts mit verhülltem Haupte, eine brennende Kerze vor sich, regungslos, fast schon wie erstorben in einer Ecke stehen; viele meiner Bekannten in Paris hatten mich versichert, daß man darauf rechnen könne, daß dies meistens Leute aus besseren Ständen seien, die durch Unglück so tief herabgekommen sind, daß sie entweder Arbeit suchen müssen, oder sind sie zu verschämt, vielleicht zu schwach, um für Brot zu arbeiten, so ergreifen sie diesen letzten Ausweg, ehe sie wie so viele Unglückliche ihr Leben in der Seine der Vergessenheit übergeben.

Von dieser Klasse der Bettelnden war die weibliche Gestalt an dem Pont des Arts, deren Anblick mich unwiderstehlich fesselte. Ich sah sie näher an, ihre Glieder schienen vor Frost noch heftiger zu zittern als das Flämmchen in der Laterne, aber sie schwieg und ließ ihr Elend und den kalten Nachtwind für sich reden. Ich suchte in der Tasche nach kleinem Gelde, aber es wollte sich kein Sou, sogar kein einzelner Frank finden. Ich wandte mich an Faldner und bat ihn um Münze; aber unmutig, durch mein Zögern der schneidenden Kälte ausgesetzt zu sein, rief er mir in unserer Sprache zu: ‚So laß doch das Bettelvolk und spute dich, daß wir zu Bette kommen, mich friert!‘ ‚Nur ein Paar Sous, Bester!‘ bat ich; aber er packte mich am Mantel und wollte mich wegziehen.

Da rief die Verhüllte mit zitternder, aber wohltönender Stimme, und zu unserer Verwunderung auf gut Deutsch: ‚O meine Herren! seien sie barmherzig!‘ Diese Stimme, diese Worte und unsere Sprache hatten etwas so Rührendes für mich, daß ich nochmal um einige Münzen bat. Er lachte: ‚Nun wohlan, da hast du ein paar Franken', sagte er, ‚versuche dein Heil mit der Jungfer, aber mich laß aus dem Zug treten.' Er drückte mir das Geld in die Hand und ging lachend weiter. Ich war in diesem Augenblicke wirklich verlegen, was ich tun sollte, sie mußte ja gehört haben, was Faldner sagte, und beleidigen mag ich am wenigsten einen Unglücklichen. Ich trat unschlüssig näher. ‚Mein Kind', sagte ich, ‚Sie haben hier einen schlechten Standpunkt gewählt, hier werden heute abend nicht mehr viele Menschen vorübergehen.' Sie antwortete nicht gleich. ‚Wenn nur', flüsterte sie nach einer Weile kaum hörbar, ‚diese Wenigen Gefühl für Unglück haben!' Diese Antwort überraschte mich, sie war so ungesucht und doch so treffend. Die edle Haltung des Mädchens, der Ton, womit sie jene Worte gesagt, verrieten Bildung. ‚Wir sind Landsleute', fuhr ich fort, ‚darf ich Sie nicht bitten, daß Sie mir sagen, ob ich vielleicht mehr für Sie tun kann, als so im Vorübergehen zu geschehen pflegt?' ‚Wir sind sehr arm', antwortete sie, wie mir schien, etwas mutiger, ‚und meine Mutter ist krank und ohne Hilfe.' Ohne weitere Überlegung, nur von dem unbestimmten Gefühl, daß mich das Mädchen sehr anzog, getrieben, sagte ich: ‚Führen Sie mich zu ihr!' Sie schwieg, der Vorschlag schien sie zu überraschen. ‚Halten Sie dieses für nichts anderes', fuhr ich fort, ‚als für meinen redlichen Willen, Ihnen zu helfen, wenn ich kann.' ‚So kommen Sie', erwiderte die Verschleierte, hob ihr Laternchen auf, löschte es aus und verbarg es samt dem Teller unter dem Mantel." –

„Wie?“ rief der Baron, laut lachend, als Fröben schwieg, „weiter willst du nicht erzählen? Willst es auch heute wieder machen, wie du es mir schon damals machtest? Nämlich bis hierher, meine Herren und Damen, hat er ganz nach reiner historischer Wahrheit erzählt. Er glaubte mich vielleicht weit weg, und ich stand keine zehn Schritte von der erbaulichen Samariterszene unter dem Portal des Palais' und sah ihm zu; ob der Dialog wirklich so vor sich gegangen, weiß ich nicht, denn der schändliche Wind verwehte die Worte, aber ich sah, wie die Dame ihr Lämpchen auslöschte und mit ihm zurück über die Brücke ging. Die Nacht war mir zu kalt, um ihm bei seinem galanten Abenteuer zu folgen, aber am Ende, ich wollte wetten, sah er weder eine kranke Mama noch dergleichen, sondern die Dame vom Pont des Arts hat das alte Sirenenlied nur auf andere Weise gesungen.“

Er belachte seinen eigenen Witz, und die Männer stimmten ein in das rohe Gelächter, die Damen aber sahen vor sich nieder, und Josephe schien mit den Worten ihres Gatten so unzufrieden als mit der sonderbaren Erzählung ihres Freundes, denn bleich wie der Tod hielt sie ihre Tasse in den Händen, daß sie klirrte, und sandte dem jungen Manne nur einen Blick zu, für den er in diesem Augenblicke keine andere als eine tief beschämende Deutung wußte. „Ich glaube zwar“, sprach er, mit starker Stimme das Gelächter der Männer unterbrechend, „mein Pfand gelöst zu haben, aber mein eigener Vorteil will, daß ich eine Deutung dieses Vorfalls nicht zulasse, die mein Freund ihm zu unterlegen scheint; Sie erlauben mir daher, daß ich fortfahre, und bei meinem Leben", setzte er hinzu, indem er errötete und sein Auge höher leuchtete, „ich will Ihnen die reine Wahrheit sagen:

Das Mädchen bog über die Brücke ein, woher ich gekommen war. Während ich schweigend mehr hinter als neben ihr ging, hatte ich Zeit, sie zu betrachten. Ihre Gestalt, soweit sie der Mantel sehen ließ, ihre ganze Haltung, besonders aber ihre Stimme waren sehr jugendlich. Ihr Gang schnell, aber leicht und schwebend. Sie hatte meinen Arm abgelehnt, als ich ihn zur Führung angeboten. Am Ende der Brücke bog sie nach der Rue Mazarin ein. ‚Ist Ihre Mutter schon lange krank?' fragte ich, indem ich wieder an ihre Seite trat und versuchte, durch den Schleier etwas von ihren Zügen zu erspähen. ‚Seit zwei Jahren', antwortete sie seufzend, ‚aber seit acht Tagen ist sie recht elend geworden.' – ‚Waren Sie schon öfter an jenem Orte?' ‚Wo?' fragte sie. ‚Auf der Brücke.' ‚Diesen Abend zum ersten Mal', erwiderte sie. ‚Dann haben Sie sich keinen guten Platz gesucht, andere Passagen sind frequenter.' Doch schon, indem ich dies sagte, bereute ich, es gesagt zu haben, denn es mußte sie ja verletzen. Mit unterdrücktem Weinen flüsterte sie: ‚Ach, ich bin ja hier so unbekannt, und – ich schäme mich, so ins Gedränge zu gehen.'

Wie grenzenlos mußte das Elend sein, das dieses Geschöpf zwang zu betteln. Zwar wollten auch mir, ich gestehe es, einigemal solche Gedanken kommen, wie sie Faldner hatte, aber immer verschwanden sie wieder, weil sie widersinnig, unnatürlich waren; wenn sie zu jener verworfenen Klasse von Mädchen gehörte, warum sollte sie sich verhüllt an einen einsamen Ort stellen? Warum geflissentlich eine Gestalt verbergen, die, soviel die Umrisse flüchtig zeigten, gewiß zu den schöneren zu zählen war? Nein, es war gewiß wirkliches Elend und jene zarte Verschämtheit vor unverschuldeter Armut da, die das Unglück so unbeschreiblich rührend macht.

‚Hat Ihre Mutter einen Arzt?' fragte ich wieder nach einiger Weile. ‚Sie hatte einen; aber als wir keine Arznei mehr kaufen konnten, wollte er sie ins Spital des Incurables bringen lassen, und – das konnte ich nicht ertragen. Ach Gott, meine arme Mutter ins Spital!' Wieviel tiefer Schmerz lag in den letzten Worten dieses Mädchens.

Sie weinte, sie führte ihr Tuch unter dem Schleier ans Auge, und Laterne und Teller, die sie in der anderen Hand trug, verhinderten sie, den Mantel zusammenzuhalten; der Wind wehte ihn weit auseinander, und ich sah, daß ich mich nicht betrogen hatte; sie war von feiner, schlanker Taille, sie trug ein einfaches, soviel mein flüchtiger Blick bemerkte, sehr reinliches Kleid. Sie haschte nach dem Mantel, und indem ich ihr behilflich war, ihn wieder umzulegen, fühlte ich ihre weiche, zarte Hand.

Wir waren schon durch die Straßen Mazarin, St. Germain, Ecole de Medicine und von dort durch einige kleine Seitenstraßen gegangen, als sie auf einmal stehenblieb und klagte, sie habe den Weg verfehlt. Ich fragte sie, in welcher Gegend sie wohne, und sie gab St. Severin an. Ich war in Verlegenheit, denn diese Straße wußte ich selbst nicht zu finden. Machte es Angst oder Kälte, ich sah sie heftiger zittern. Ich sah mich um; ich bemerkte noch Licht in einem Souterrain, wo Branntwein verkauft wurde, ich bat sie zu warten, stieg hinab und erkundigte mich. Man wies mich zurecht, und ich glaubte, mich hinfinden zu können. Als ich heraufkam, hörte ich in der Nähe laut reden; ich sah beim schwachen Scheine einer Laterne, wie sich das Mädchen heftig gegen zwei Männer wehrte, von denen der eine ihre Hand, der andere den Mantel gefaßt hatte, sie lachten, sie sprachen ihr zu; ich ahnte, was vorging, sprang hinzu und riß dem einen die Hand weg, die er gefaßt hatte; sprachlos, weinend klammerte sie sich fest an meinen Arm.

‚Meine Herren', sagte ich, ‚Ihr sehet, Ihr seid hier im Irrtum, Ihr werdet im Augenblick den Mantel von Mademoiselle loslassen!'

‚Ach, Verzeihung mein Herr!' erwiderte der, welcher ihren Mantel gefaßt hatte. ‚Ich sehe, Sie haben ältere Rechte auf Mademoiselle!' Und lachend zogen sie weiter.

Wir gingen weiter, das arme Kind zitterte heftig, sie hielt noch immer meinen Arm fest, sie war nahe daran niederzusinken.

‚Nur Mut!' sagte ich zu ihr, ‚St. Severin ist nicht ferne, Sie werden bald zu Hause sein.' Sie antwortete nicht, sie weinte noch immer. Als wir in der Straße waren, die nach der Beschreibung St. Severin sein mußte, blieb sie wieder stehen. ‚Nein, Sie dürfen nicht weiter mit mir gehen, mein Herr!' sagte sie. ‚Es darf nicht sein.' ‚Aber warum denn nicht, da Sie mich so weit mitgenommen haben; ich bitte, trauen Sie mir keine schlechten Absichten zu!' Ich hatte bei diesen Worten, ohne es zu wissen, ihre Hand ergriffen und vielleicht gedrückt; sie entzog sie mir hastig und sagte: ‚Verzeihen Sie, daß ich die Unschicklichkeit beging, Sie so weit mitzuführen; bitte, verlassen Sie mich jetzt!' Ich fühlte, daß der Auftritt vorhin sie tief verletzt hatte, daß er ihr vielleicht gegen mich selbst Mißtrauen einflößte, und eben dies rührte mich unbeschreiblich, ich nahm das Silber, das mir Faldner gegeben, und wollte es ihr hinreichen; aber der Gedanke, wie wenig diese kleine Gabe ihr helfen könne, zog meine Hand zurück, und ich gab ihr das wenige Gold, das ich bei mir trug. Ihre Hand zuckte, als sie es nahm; sie schien es für Silber zu halten, dankte mir aber mit zitternder, rührender Stimme und wollte gehen.

‚Noch ein Wort', sagte ich und hielt sie auf; ‚ich hoffe, Ihre Mutter wird gesund werden, aber es könnte ihr doch noch an etwas gebrechen, und Sie, mein Kind, sind nicht für solche Abendgänge wie den heutigen gemacht. Wollen sie nicht heute über acht Tage um dieselbe Zeit vor der Ecole de Medicine sein, daß ich mich nach Ihrer Mutter erkundigen kann?' Sie schien unschlüssig, endlich sagte sie: ‚Ja.' ‚Und setzen Sie doch den Hut mit dem grünen Schleier wieder auf, daß ich Sie erkenne', fügte ich hinzu; sie bejahte es, dankte noch einmal, ging eilend die Straße hin und war schnell in der Nacht verschwunden.

Vierundzwanzigstes Kapitel

Als ich am Morgen nach dieser Begebenheit erwachte, schien es mir, als hätte mir von diesem allen nur geträumt. Aber Faldner, der bald herbeikam und mich nach seiner zarten Manier zu schrauben anfing, riß mich aus meinem Zweifel. Die Sache schien mir, so recht deutlich im Morgenlicht betrachtet, doch allzu fabelhaft, als daß ich sie dem ungläubigen Freund hätte erzählen mögen. Man ist in neuerer Zeit zu jenem Grade der Sittenverfeinerung gekommen, die schon ins Gebiet der Unsittlichkeit hinüberstreift; man will in manchen Fällen lieber wild, etwas liederlich und schlecht erscheinen, man gibt lieber eine Zweideutigkeit zu, nur um nicht als ein Tor, als ein Sonderling, als ein Mensch von schwachem Verstand und beschränkten Lebensansichten zu gelten.

Im Innern aber kränkte mich noch mehr als Faldners Schraubereien eine Unruhe, ein Etwas, was ich nicht zu deuten wußte. Ich machte mir Vorwürfe, daß ich nicht einmal ihr Gesicht gesehen hatte. ‚Wozu', sagte ich mir, ‚wozu diese übertriebene Diskretion? Wenn ich ein paar Napoleons hingebe, so kann ich doch um die Gunst bitten, den Schleier etwas zu lüften?' Und doch, wenn ich mir das ganze Betragen des Mädchens, das, so einfach es war, doch von Gemeinheit auch nicht im geringsten etwas an sich hatte, zurückrief, wenn ich bedachte, wie mich ihre edle Haltung, der gebildete Ton ihrer Antworten anzog, so mußte ich mich halb zu meinem Ärger rechtfertigen. Es liegt etwas in der menschlichen Stimme, das uns, ehe wir Züge und Auge, ehe wir den Stand des Sprechenden kennen, den Ton angibt, in welchem wir mit ihm sprechen müssen. Wie unendlich, nicht sowohl in der Form als im Klang der Sprache, unterscheidet sich der Gebildete vom Ungebildeten, und des Mädchens Töne waren so weich und zart, ihre kurzen Antworten oft aus der tiefsten Seele gesprochen. Den ganzen Tag konnte ich diese Gedanken nicht loswerden, sogar abends, in eine glänzende Gesellschaft von Damen, begleitete mich das arme Mädchen mit dem schwarzen Hütchen, dem grünen Schleier und dem unscheinbaren Mantel.

In den nächsten Tagen ärgerte ich mich über meine Torheit, welche schuld war, daß ich das Mädchen erst nach acht Tagen wiedersehen konnte: Ich zählte die Stunden ab bis zu dem nächsten Freitag, und es war, als hätte jene Hauptstadt der Welt, wie sie ihre Bewohner nennen, nichts Reizendes mehr in sich als die Bettlerin vom Pont des Arts. Endlich, endlich erschien der Freitag. Ich brauchte alle mögliche List, um mich auf diesen Abend von Faldner und den übrigen Freunden loszumachen, und trat, als es dunkel wurde, meinen Weg an. Ich hatte über eine Stunde zu gehen und Zeit genug, über meinen Gang nachzudenken. ‚Heute', sagte ich zu mir, ‚heute wirst du ins reine kommen, was du von dieser Person zu denken hast; du wirst ihr anbieten, mit ihr zu gehen, nimmt sie es an, so hast du dich schon das erste Mal betrogen. Auch das Gesicht muß sie heute zeigen.'

Ich war so eilends gegangen, daß es noch nicht einmal zehn Uhr war, als ich auf dem Place de l'Ecole de Medicine anlangte, und – auf elf Uhr hatte ich sie ja erst bestellt. Ich trat noch in ein Café, durchblätterte gedankenlos eine Schar von Zeitungen – endlich schlug es elf Uhr.

Auf dem Platze waren wenige Menschen, und so weit ich mein Auge anstrengte, kein grüner Schleier zu sehen. Ich hielt mich immer auf der Seite der Arzneischule, weil dort mehrere Laternen brannten. Die Momente solchen Erwartens sind peinlich. Wenn sie an deinem Golde genug hätte und gar nicht käme? Wenn sie deine Gutherzigkeit verlachte? dachte ich, als ich den Platz wohl schon zehnmal auf und ab gegangen war. Es schlug halb zwölf, schon fing ich an, über meine eigene Torheit zu murren, da wehte im Scheine einer Laterne, etwa dreißig Schritte von mir, etwas Grünes; mein Herz pochte ungestümer, ich eilte hin – sie war es. ‚Guten Abend', sagte ich, indem ich ihr die Hand bot, ‚schön, daß Sie doch Wort halten; schon glaubte ich, Sie würden nicht mehr kommen.' Sie verbeugte sich, ohne meine Hand zu fassen, und ging an meiner Seite hin; sie schien sehr gerührt: ‚Mein Herr, mein edler Landsmann', sprach sie mit bewegter Stimme, ‚ich mußte ja Wort halten, um Ihnen zu danken. Ich komme heute gewiß nicht, um Ihre Güte aufs neue in Anspruch zu nehmen. Ach, wie reich, wie freigebig haben Sie uns beschenkt! Kann Sie der innige Dank einer Tochter, können die Gebete und Segenswünsche meiner kranken Mutter sie entschädigen?'

‚Sprechen wir nicht davon', erwiderte ich. ‚Wie geht es Ihrer Mutter?' ‚Ich glaube, wieder Hoffnung schöpfen zu dürfen', antwortete sie, ‚der Arzt spricht zwar nichts Bestimmtes aus, aber sie selbst fühlt sich kräftiger. O, wie danke ich Ihnen! Von Ihrem Geschenk konnte ich ihr wieder kräftige Speisen bereiten, und glauben Sie mir, der Gedanke, daß es noch so gute Menschen gibt, hat sie beinahe ebensosehr gestärkt.'

‚Was sagte Ihre Mutter, als sie nach Hause kamen?' ‚Sie war sehr in Sorgen um mich, weil es schon so spät war', erwiderte sie, ‚ach, sie hatte so ungern mir die Erlaubnis zu diesem Gange gegeben und malte sich jetzt irgendein Unglück vor, das mir begegnet sei. Ich erzählte ihr alles, aber als ich mein Tuch öffnete und die Gaben, die ich gesammelt hatte, hervorzog und Gold dabei war, Gold unter den Kupfer- und Silberstücken, da erstaunte sie und –', sie stockte und schien nicht weiterreden zu können; ich dachte mir, die Mutter habe sie arger Dinge beschuldigt, und forschte weiter, aber mit rührender Offenheit gestand sie: Die Mutter habe gesagt, der großmütige Landsmann müsse entweder ein Engel oder ein Prinz gewesen sein.

‚Weder das eine noch das andere', sagte ich ihr. ‚Aber wie weit haben Sie ausgereicht? Haben Sie noch Geld?'

‚O wir haben noch', erwiderte sie mutig, wie es scheinen sollte, aber mir entging nicht, daß sie, vielleicht unwillkürlich, dabei seufzte.

‚Wir haben eine Rechnung in der Apotheke davon bezahlt und einen Monat am Hauszins, und der Mutter habe ich davon gekocht, es ist aber immer noch übriggeblieben.'

Wie ärmlich mußten sie wohnen, wenn sie von diesem Gelde eine Apothekerrechnung, einen Monat Hauszins bezahlen und acht Tage lang kochen konnten! ‚Ich will aber genau wissen', fuhr ich fort, ‚was und wieviel Sie noch haben.'

‚Mein Herr!' sagte sie, indem sie beleidigt einen Schritt zurücktrat.

‚Mein gutes Kind, das verstehen Sie nicht', erwiderte ich, indem ich ihr näher trat; ‚oder Sie wollen es sich aus übertriebenem Zartgefühl nicht gestehen; ich frage Sie ernstlich, wenn Sie mit den paar Franken zu Rande sind, haben Sie Hilfe zu erwarten?'

‚Nein', sagte sie schüchtern und weich; ‚keine!'

‚Denken Sie an Ihre Mutter, und verschmähen Sie meine Hilfe nicht!' Ich hatte ihr bei diesen Worten meine Hand geboten; sie ergriff sie hastig, drückte sie an ihr Herz und pries meine Güte.

‚Nun wohlan, so kommen Sie', fuhr ich fort, indem ich ihren Arm in den meinigen legte; ‚ich kam leider nicht gerade von zu Hause, als ich mich hierher begab, und hatte mich nicht versehen; Sie werden daher die Güte haben, mich einige Straßen zu begleiten bis in meine Wohnung, daß ich Ihnen für die Mutter etwas mitgebe.' Sie ließ sich schweigend weiterführen, und so angenehm mir der Gedanke war, sie noch ferner unterstützen zu können, so war doch mein Gefühl beinahe beleidigt, als sie so ganz ohne Sträuben mitging, nachts in die Wohnung eines Mannes; aber wie ganz anders kam es, als ich dachte.

Wir mochten wohl etwa zwei- oder dreihundert Schritte fortgegangen sein, da stand sie stille und entzog mir ihren Arm. ‚Nein, es kann, es darf nicht sein', rief sie, in Tränen ausbrechend.

‚Was betrübt Sie auf einmal?' fragte ich verwundert. ‚Was darf nicht sein?'

‚Nein, ich gehe nicht mit, ich darf nicht mit Ihnen gehen.'

‚Aber mein Gott', erwiderte ich, indem ich mich etwas aufgebracht stellte. ‚Sie haben doch wahrhaftig sehr wenig Vertrauen zu mir; wenn nicht Ihre Mutter wäre, gewiß ginge ich jetzt von Ihnen, denn sie kränken mich.‘

Sie nahm meine Hand, sie drückte sie bewegt. ‚Habe ich Sie denn beleidigt?‘ rief sie. ‚O, Gott weiß, das wollte ich nicht; verzeihen Sie einem armen unerfahrenen Mädchen; Sie sind so großmütig, und ich sollte Sie beleidigen?‘

‚Nun denn, so komm‘, sagte ich, indem ich sie weiterzog, ‚es ist keine Zeit zu verlieren, es ist spät, und der Weg ist weit.‘ Aber sie blieb stehen, weinte und flüsterte: ‚Nein, um keinen Preis gehe ich weiter.‘

‚Aber vor wem fürchten Sie sich denn? Es kennt Sie ja kein Mensch, es sieht Sie ja keine Seele; Sie können getrost mit mir kommen.‘

‚Ich bitte Sie, um Gottes willen, lassen Sie mich! Nein, nein, es darf nicht sein, dringen Sie nicht weiter in mich.‘ Sie zitterte; ich fühlte wohl, wenn ich ihr die Not der Mutter noch einmal recht dringend vorstellte, so ging sie mit, aber die Angst des Mädchens rührte mich tief.

‚Gut, so bleiben Sie hier‘, sprach ich. ‚Aber sagen Sie mir, können Sie vielleicht arbeiten?‘

‚O ja, mein Herr‘, erwiderte sie, ihre Tränen trocknend.

‚Könnten Sie vielleicht meine feinere Wäsche besorgen?‘

‚Nein‘, antwortete sie sehr bestimmt. ‚Dazu sind wir nicht eingerichtet.‘

‚Hier ist ein weißes Tuch‘, fuhr ich fort. ‚Können Sie mir vielleicht ein halb Dutzend besorgen und fertig machen?‘

Sie besah das Tuch und sagte: ‚Mit Vergnügen und recht fein will ich es nähen!‘ Zu meiner eigenen Beschämung mußte ich jetzt dennoch Geld hervorziehen, obgleich ich es vorhin verleugnet hatte.

‚Kaufen Sie sechs solcher Tücher', fuhr ich fort, ‚und können Sie wohl drei davon bis Sonntag abend fertig machen?' Sie versprach es; ich gab ihr noch etwas für die Mutter und sagte ihr, daß ich heute darauf nicht eingerichtet sei, aber Sonntag mehr tun könne. Sie dankte innig; es schien sie zu freuen, daß ich ihr Arbeit gegeben, denn einmal plauderte sie davon, wie schön sie die Tücher machen wolle, ja wenn ich nicht irre, so fragte sie mich sogar, ob sie nicht einen englischen Saum einnähen dürfe? Ich sagte ihr alles zu, aber als sie nun Abschied nehmen wollte, hielt ich sie noch fest. ‚Eines müssen Sie mir übrigens noch zu Gefallen tun', sprach ich, ‚Sie können es gewiß und leicht.'

‚Und was?' fragte sie. ‚Wie gern will ich alles für Sie tun.'

‚Lassen Sie mich diesen neidischen Schleier aufheben und Ihr Gesicht sehen, daß ich doch eine Erinnerung an diesen Abend habe.'

Sie wich mir aus und hielt nur ihren Schleier fester. ‚Bitte, lassen Sie das', erwiderte sie und schien ein wenig mit sich selbst zu kämpfen; ‚Sie haben ja die schöne Erinnerung an Ihre Wohltaten; die Mutter hat mir streng verboten, den Schleier zu lüften, und ich versichere Sie', setzte sie hinzu, ‚ich bin häßlich wie die Nacht, Sie würden nur erschrecken!'

Aber dieser Widerstand reizte mich nur noch mehr; ein wirklich häßliches Mädchen, dachte ich, spricht nicht so von ihrer Häßlichkeit, ich wollte den Schleier fassen, aber wie ein Aal war sie entwischt: ‚Dimanche à revoir!' rief sie und eilte davon. Erstaunt blickte ich ihr nach, etwa fünfzig Schritte von mir blieb sie stehen, winkte mir mit meinem weißen Tuche und rief mit ihrer silberhellen Stimme: ‚Gute Nacht!'

Fünfundzwanzigstes Kapitel

In den nächsten Tagen beschäftigte mich der Gedanke, welchem Stande das Mädchen angehören könnte. Je lebhafter ich mir ihre gebildete Sprache, ihren zarten Sinn zurückrief, desto höher steigerte ich sie in meinen Gedanken. Darüber wenigstens mußte sie mir Gewißheit geben, nahm ich mir vor und beschloß, mich nicht wieder so abspeisen zu lassen wie mit dem Schleier.

Der Sonntag kam; du wirst dich noch jenes Nachmittags erinnern, Faldner, wo wir mit den Freunden in Montmorency im Garten des großen Dichters saßen. Ihr wolltet spät in der Nacht nach Hause fahren, und ich trieb immer zu einer früheren Rückfahrt, und als ihr dennoch bliebet, da machte ich mich trotz eures Scheltens davon. Freilich glaubtest du damals nicht, was ich vorgab, ich könnte die Nachtluft nicht vertragen, aber daß ich zu einem Rendezvous mit der Bettlerin vom Pont des Arts eilte, konntest du auch nicht denken. Sie war diesmal die erste auf dem Platze, und weil sie mir die Tücher zu bringen hatte, war sie schon bange geworden, ich könnte sie verfehlt haben und glauben, sie werde nicht Wort halten. Mit beinahe kindischer Freude und, wie es mir schien, noch größerem Zutrauen als früher plauderte sie, indem sie mir beim Scheine einer Straßenlaterne die Tücher zeigte.

Sie schien es gern zu hören, daß ich ihre feine Arbeit lobte. ‚Sehen Sie, auch Ihren Namen habe ich hereingezeichnet', sagte sie, indem sie das zierliche E. v. F. in der Ecke vorwies. Dann wollte sie mir eine Menge Silbergeld als Überschuß zurückgeben, und nur meine bestimmte Erklärung, daß sie mich dadurch beleidige, konnte sie bewegen, es als Arbeitslohn anzunehmen.

Ich bestellte aufs neue wieder Arbeit, weil ich sah, daß dem zarten Sinne des Mädchen ein solcher Weg meiner Gaben mehr zusagte, und diesmal waren es Jabots und Manschetten, die ich bestellte. Ihre Mutter war nicht kränker geworden, konnte aber das Bett noch nicht verlassen, doch schon dieser Mittelzustand erschien ihr tröstlich. Als die Mutter abgehandelt war, wagte ich es, sie geradehin zu fragen, wie denn eigentlich ihre Verhältnisse seien.

Die Geschichte, die sie mir in wenigen Worten preisgab, ist in Frankreich so alltäglich, daß sie beinahe jedem Armen zum Aushängeschild dienen muß. Ihr Vater war Offizier in der großen Armee gewesen, war nach der ersten Restauration der Bourbons auf halben Sold gesetzt worden, hatte nachher während der hundert Tage wieder Partei ergriffen und war bei Mont St. Jean mit den Garden gefallen; seine Witwe verlor die Pension und lebte von da an ärmlich und elend. In den zwei letzten Jahren fristeten sie ihr Leben meist vom Verkauf ihrer geringen Habe und waren jetzt eben an jenen äußersten Grad des Elends gekommen, wo dem Armen nichts übrigbleibt, als aus der Welt zu gehen.

Ich fragte das Mädchen, ob sie nicht ihr Verhältnis hätte bessern können, wenn sie etwa ihre Mutter auf andere Weise zu unterstützen gesucht hätte.

‚Sie meinen, wenn ich einen Dienst genommen hätte?' erwiderte sie ohne alle Empfindlichkeit. ‚Sehen Sie, das war nicht möglich. Vor der Krankheit der Mutter war ich viel zu jung, kaum vierzehn Jahre vorüber, und dann wurde sie auf einmal so elend, daß sie das Bett nicht verlassen konnte; da brauchte sie also immer jemand um sich, und konnte ich denn ihre Pflege einer Fremden überlassen? Ja, wenn sie gesund geblieben wäre, da hätte ich mit Freuden alle unsere früheren Verhältnisse verleugnet, wäre etwa in einen Putzladen gegangen oder als Gouvernante in ein anständiges Haus, denn ich habe manches gelernt, mein Herr! Aber so ging es ja nicht!'

Auch diesmal bat ich vergeblich, den Schleier zu lüften. Die Andeutungen, die sie über ihr Alter gegeben, reizten mich, ich gestehe es, nur noch mehr, das Gesicht dieses Mädchens zu sehen, die wenig über sechzehn Jahre haben konnte; aber sie bat mich so dringend, davon abzulassen, ihre Mutter habe ihr so triftige Gründe angegeben, daß es nimmer geschehen könne.

Wir trafen uns von da an alle drei Tage. Ich hatte immer einige kleine Arbeiten für sie, und pünktlich war sie damit fertig. Je fester ich in dem Betragen blieb, das ich einmal gegen sie angenommen, je strenger ich mich immer in den Grenzen des Anstandes hielt, desto zutraulicher und offener wurde das gute Mädchen. Sie gestand mir sogar, daß sie zu Hause die drei Tage über immer an den nächsten Abend denke. Und ging es mir denn anders? Tag und Nacht beschäftigte ich mich mit diesem sonderbaren Wesen, das mir durch seinen gebildeten Geist, durch sein liebenswürdiges Zartgefühl, durch sein eigentümliches Verhältnis zu mir immer interessanter wurde.

Der Frühling war indessen völlig heraufgekommen, und die Zeit war da, die ich mit Faldner schon längst zu einer Reise nach England festgesetzt hatte. Mancher hält es vielleicht für töricht, was ich ausspreche, aber wahr ist es, daß ich an diese Reise nur mit Widerwillen dachte; Paris an sich hatte nichts Interessantes mehr für mich; aber jenes Mädchen hatte alle meine Sinne so gefangengenommen, daß ich einer längeren Trennung nur mit Wehmut entgegensah. Ausweichen konnte ich nicht, ohne mich lächerlich zu machen, denn es war sonst kein bündiger Grund vorhanden, die Reise aufzuschieben; ich schämte mich sogar vor mir selbst und stellte mir die ganze Torheit meines Treibens vor; ich beschloß die Abreise, aber gewiß hat sich wohl keiner je so wenig auf England gefreut als ich.

Sechsundzwanzigstes Kapitel

Acht Tage zuvor sagte ich es dem Mädchen, sie erschrak, sie weinte. Ich bat sie, ihre Mutter zu fragen, ob ich sie nicht besuchen dürfe, sie sagte es zu. Das nächste Mal aber brachte sie mir betrübt die Antwort, daß mich ihre Mutter bitten lasse, diesen Besuch aufzugeben, da er für ihren Gemütszustand allzu angreifend sein würde. Ich hatte jenen Besuch eigentlich nur darum nachgesucht, um mein Mädchen bei Tag und ohne Schleier zu sehen; ich verlangte dies also aufs neue wieder; aber sie bat mich, am Abend vor meiner Abreise noch einmal zu kommen, sie wolle ihre Mutter so lange bestürmen, bis sie die Erlaubnis erhalte, den Schleier aufzuheben.

Unvergeßlich wird mir immer dieser Abend sein. Sie kam, und meine erste Frage war, ob die Mutter es erlaubt habe; sie sagte ja und hob von selbst den Schleier auf. Der Mond schien helle, und zitternd, begierig blickte ich unter den Hut. Aber die Erlaubnis schien nur teilweise gegeben zu sein, denn meine Schöne trug sogenannte Venezianeraugen, die den oberen Teil ihres Gesichtes verhüllten. Doch wie schön, wie reizend waren die Partien, welche frei waren! Eine feine, zierliche Nase, schöngeformte, blühende Wangen, ein kleiner lieblicher Mund, ein Kinn, wie aus Wachs geformt, und ein schlanker, blendend weißer

Hals. Über die Augen konnte ich nicht recht ins reine kommen, aber sie schienen mir dunkel und feurig.

Sie errötete, als ich sie lange entzückt betrachtete. ‚Werden Sie mir nicht böse', flüsterte sie, ‚daß ich diese Halbmaske vornahm; die Mutter wollte es von Anfang ganz abschlagen, nachher gestattete sie es nur unter dieser Bedingung; ich war selbst recht ärgerlich darüber, aber sie sagte mir einige Gründe, die mit einleuchteten.'

‚Und was sind diese Gründe?' fragte ich.

‚Ach, mein Herr!' erwiderte sie wehmütig. ‚Sie werden ewig in unserem Herzen leben, aber Sie selbst sollen uns ganz vergessen; Sie sollen mich nie, nie wiedersehen oder, wenn Sie mich auch sehen, nicht erkennen.'

‚Und meinen Sie denn, ich werde Ihre schönen Züge nicht wiedererkennen, wenn ich auch Ihre Augen, Ihre Stirn nicht sehen darf?'

‚Die Mutter meint', antwortete sie, ‚das sei nicht wohl möglich; denn wenn man ein Gesicht nur zur Hälfte gesehen, sei das Wiedererkennen schwer.'

‚Und warum soll ich dich nicht wiedersehen, nicht wiedererkennen?'

Sie weinte bei dieser Frage, sie drückte meine Hand und sagte: ‚Es darf ja nicht sein! Was kann Ihnen denn daran liegen, ein unglückliches Mädchen wiederzuerkennen, und - nein, die Mutter hat recht; es ist besser so.'

Ich sagte ihr, daß meine Reise nicht lange dauern werde; daß ich vielleicht schon nach zwei Monaten wieder in Paris sein könne, daß ich sie wiederzusehen hoffe. Sie weinte heftiger und verneinte es. Ich drang in sie, mir zu sagen, warum sie glaube, ich werde sie nicht mehr sehen.

‚Mir ahnt', erwiderte sie, ‚ich sehe Sie heute zum letzten Mal; ich glaube, meine Mutter wird nicht lange mehr leben, der Arzt sagte es mir gestern, und dann ist ja alles vorbei. Und wenn sie auch länger lebt, in London werden sie ein so armes Geschöpf, wie ich bin, bald vergessen.‘

Ihr Schmerz machte mich unendlich weich; ich sprach ihr Mut ein; ich gelobte ihr, sie gewiß nicht zu vergessen; ich nahm ihr das Versprechen ab, immer den Ersten und Fünfzehnten eines jeden Monats auf diesen Platz zu kommen, damit ich sie wiederfinden könne; sie sagte es unter Tränen lächelnd zu, als ob sie wenig Hoffnung hätte. ‚Nun, so lebe wohl, auf Wiedersehen‘, sagte ich, indem ich sie in meine Arme schloß und einen kleinen, einfachen Ring an ihre Hand steckte, ‚lebe wohl und denke an mich, und vergiß nicht den Ersten und Fünfzehnten!‘

‚Wie könnte ich Sie vergessen!‘ rief sie, indem sie weinend zu mir aufblickte. ‚Aber ich werde Sie nimmer wiedersehen; Sie nehmen Abschied auf immer.‘

Ich konnte mich nicht enthalten, ihren schönen Mund zu küssen; sie errötete, ließ es aber geduldig geschehen; ich steckte ihr einen Tresorschein in die kleine Hand, sie sah mich noch einmal recht aufmerksam an und drückte sich heftiger an mich. ‚Auf Wiedersehen!‘ sprach ich, indem sie sich sanft aus meinen Armen wand. Der letzte Moment des Abschieds schien ihr Mut zu geben: Sie zog mich noch einmal an ihr Herz, ich fühlte einen heißen Kuß auf meinen Lippen. ‚Auf immer! Lebe wohl auf immer!‘ rief sie schmerzlich, riß sich los und eilte über den Platz hin.

Ich habe sie nicht wiedergesehen! Nach einem Aufenthalt von drei Monaten kehrte ich von London nach Paris zurück; ich ging am Fünfzehnten auf den Place de l’Ecole de Medicine, ich wartete über eine Stunde, mein Mädchen erschien nicht. Noch oft am Ersten und Fünfzehnten wiederholte ich diese Gänge; wie oft ging ich durch die Straße St. Severin, blickte an den Häusern hinauf, fragte wohl auch nach einer armen deutschen Frau und ihrer Tochter, aber ich habe nie wieder etwas von ihnen erfahren, und das reizende Wesen hatte recht, als es mir beim Abschied zurief: Auf immer!"

Siebenundzwanzigstes Kapitel

Der junge Mann hatte seine Erzählung mit einem Feuer vorgetragen, das ihr große Wahrheit verlieh und wenigstens auf den weiblichen Teil der Gesellschaft tiefen Eindruck zu machen schien.
Josephe weinte heftig, und auch die anderen Fräulein und Frauen wischten sich hin und wieder die Augen.
Die Männer waren ernster geworden und schienen mit großem Interesse zuzuhören, nur der Baron lächelte hin und wieder seltsam, stieß bei dieser oder jener Stelle seinen Nachbarn an und flüsterte ihm seine Bemerkungen zu. Jetzt, als Fröben geschlossen hatte, brach er in lautes Gelächter aus: „Das heiße ich mir sich gut aus der Affäre ziehen", rief er. „Ich hab es ja immer gesagt, mein Freund ist ein Schlaukopf. Seht nur, wie er die Damen zu rühren wußte, der Schelm! Wahrhaftig, meine Frau heult, als habe ihr der Pfarrer die Absolution versagt. Das ist köstlich, auf Ehre! Dichtung und Wahrheit! Ja, das hast du deinem Goethe abgelauscht, Dichtung und Wahrheit, es ist ein herrlicher Spaß."

Fröben fühlte sich durch diese Worte aufs neue verletzt. „Ich sagte dir schon", sagte er unmutig, „daß ich die Dichtung oder Erdichtung gänzlich beiseite ließ und nur die Wahrheit sagte; ich hoffe, du wirst es als solche aufnehmen."

„Gott soll mich bewahren", lachte der Baron. „Wahrheit, das Mädchen hast du dir unterhalten, Bester, das ist die ganze Geschichte, und aus deinen Abendbesuchen bei ihr hast du uns einen kleinen Roman gemacht. Aber gut erzählt, gut erzählt, das lasse ich gelten."

Der junge Mann errötete vor Zorn; er sah, wie Josephe ihren Gatten starr und ängstlich ansah; er glaubte zu sehen, daß auch sie vielleicht seinen Argwohn teile und schlecht von ihm denke; die Achtung dieser Frau wenigstens wollte er sich durch die gemeinen Scherze nicht nehmen lassen. „Ich bitte, schweigen wir davon", rief er, „ich habe nie in meinem Leben Ursache gehabt, irgend etwas zu bemänteln oder zu entstellen, kann es aber auch nicht dulden, wenn mir andere dieses Geschäft abnehmen wollen. Ich sage dir zum letzten Mal, Faldner, daß sich, auf mein Wort, alles so verhält, wie ich es erzählte."

„Nun, dann sei es Gott geklagt", erwiderte jener, indem er die Hände zusammenschlug. „Dann hast du aus lauter übertriebenem Edelsinn und theoretischer Zartheit ein paar hundert Franken an ein listiges Freudenmädchen weggeworfen, das dich durch ein gewöhnliches Histörchen von Elend und kranker Mutter köderte; hast nichts davon gehabt als einen armseligen Kuß! Armer Teufel! In Paris sich von einer Metze so zum Narren halten zu lassen."

Noch mehr als die vorige Beschuldigung reizten den jungen Mann dieses spöttische Mitleid und das Gelächter der Gesellschaft auf, die auf seine Kosten dem schlechten Witz des Barons applaudierte. Er wollte eben, aufs tiefste gekränkt, die Gesellschaft verlassen, als ein sonderbarer, schrecklicher Anblick ihn zurückhielt. Josephe war, bleich wie eine Leiche, langsam aufgestanden; sie schien ihrem Gatten etwas erwidern zu wollen, aber in demselben Moment sank sie ohnmächtig wie tot zusammen. Bestürzt sprang man auf, alles rannte durcheinander, die Frauen richteten die Ohnmächtige auf, die Männer fragten sich verwirrt, wie dies denn so plötzlich gekommen sei, Fröben hatte der Schrecken beinahe selbst ohnmächtig gemacht, und der Baron murmelte Flüche über die zarten Nerven der Weiber, schalt auf die grenzenlose Dezenz, auf die ängstliche Beobachtung des Anstandes, wovon man ohnmächtig werde, suchte bald die Gesellschaft zu beruhigen, bald rannte er wieder zu seiner Frau; alles sprach, riet, schrieb zusammen, und keiner hörte, keiner verstand den anderen.

Josephe kam nach einigen Minuten wieder zu sich; sie verlangte nach ihrem Zimmer, man brachte sie dahin, und die Mädchen und Frauen drängten sich neugierig und geschäftig nach; sie gaben hunderterlei Mittel an, die wider die Ohnmacht zu gebrauchen, sie erzählten, wie ihnen da und dort dasselbe begegnet, sie wurden darüber einig, daß die große Anstrengung der Frau von Faldner, die vielen Sorgen und Geschäfte an diesem Tage diesen Zufall notwendig hatten herbeiführen müssen, und die Sorge, der Baron möchte sich vielleicht blamieren, da er ohnedies schon recht unanständig gewesen, habe die Sache noch beschleunigt.

Der Baron suchte indessen unter den Männern die vorige Ordnung wiederherzustellen. Er ließ fleißig einschenken, trank diesem oder jenem tapfer zu und suchte sich und seine Gäste mit allerlei Trostgründen zu beruhigen. „Es kommt von nichts“, rief er, „als von dem Unwesen der neueren Zeit; jede Frau von Stande hat heutzutage schwache Nerven, und wenn sie die nicht hat, so gilt sie nicht für vornehm; Ohnmächtigwerden gehört zum guten Tone, der Teufel hat diese verrückten Einrichtungen erfunden. Und auch daher kömmt es, daß man nichts mehr beim rechten Namen nennen darf. Alles soll so überaus zart, dezent, fein, manierlich hergehen, daß man darüber aus der Haut fahren möchte. Da hat sie sich jetzt alteriert, daß ich einigen Scherz riskierte, was doch die Würze der Gesellschaft ist; daß ich über dergleichen zarte, feingefühlige Geschichten nicht außer mir kam vor Rührung und Schmerz und mir einige praktische Konjekturen erlaubte. Was da! Unter Freunden muß dergleichen erlaubt sein! Und ich hätte dich für gescheiter gehalten, Freund Fröben, als daß du nur dergleichen übelnehmen könntest."

Aber der, an den der Baron den letzten Teil seiner Rede richtete, war längst nicht mehr unter den Gästen; Fröben war auf sein Zimmer gegangen im Unmut, im Groll auf sich und die Welt. Noch konnte er sich diesen sonderbaren Auftritt nicht ganz enträtseln, seine Seele, halb noch aufgeregt von dem Zorne über die Rohheit des Freundes, halb ergriffen von dem Schrecken über den Unfall der Freundin, war noch zu voll, zu stürmisch bewegt, um ruhigeren Gedanken und der Überlegung Raum zu geben.

„Wird auch s i e mir nicht glauben", sprach er kummervoll zu sich, „wird auch sie den schnöden Worten ihres Gatten mehr Gewicht geben als der einfachen, ungeschmückten Wahrheit, die ich erzählte? Was bedeuteten jene seltsamen Blicke, womit sie mich während meiner Erzählung zuweilen ansah? Wie konnte sie diese Begebenheit so tief ergreifen, daß sie erbleichte, zitterte? Sollte es denn wirklich wahr sein, daß sie mir gut ist, daß sie innigen Anteil an mir nimmt, daß sie verletzt wurde von dem Hohne des Freundes, der mich so tief in ihren Augen herabsetzen mußte? Und was wollte sie denn, als sie aufstand, als sie sprechen wollte? Wollte sie den unschicklichen Reden Faldners Einhalt tun, oder wollte sie mich sogar verteidigen?“

Er war unter diesen Worten heftig im Zimmer auf- und abgegangen, sein Blick fiel jetzt auf die Rolle, die jenes Bild enthielt, er rollte es auf, er sah es bitter lächelnd an.

„Und wie konnte ich mich auch von einem Gefühl der Beschämung hinreißen lassen, mein Herz Menschen aufschließen, die es doch nicht verstehen, von Dingen zu reden, die solch überaus vornehmen Leuten so fremd sind; das Schlechte, das Gemeine ist ihnen ja lieber, scheint ihnen natürlicher als das Außerordentliche; wie konnte ich von deinen lieben Wangen, von deinen süßen Lippen zu diesen Puppen sprechen? O du armes, armes Kind; wie viel edler bist du in deinem Elend als diese Fuchsjäger und ihr Gelichter, die wahren Jammer und verschämte Armut nur vom Hörensagen kennen und jede Tugend, die sich über das Gemeine erhebt, als Märchen verlachen! Wo du jetzt sein magst? Und ob du des Freundes noch gedenkst und jener Abende, die ihn so glücklich machten?“

Seine Augen gingen über, als er das Bild betrachtete, als er bedachte, welch bitteres Unrecht die Menschen heute diesem armen Wesen angetan. Er wollte seine Tränen unterdrücken, aber sie strömten nur noch heftiger. Es gab eine Stelle in der Brust des jungen Mannes, wohin, wie in ein tiefes Grab, sich alle Wehmut, alle zurückgedrängten Tränen des Grames still und auf lange versammelten; aber Momente wie dieser, wo die Schmerzen der Erinnerung und seine Hoffnungslosigkeit so schwer über ihn kamen, sprengten die Decke dieses Grabes und ließen den langverhaltenen Kummer um so mächtiger überströmen, je mehr sein gebrochener Mut in Wehmut überging.

Achtundzwanzigstes Kapitel

Fröben überdachte am anderen Morgen die Vorfälle des gestrigen Tages und war mit sich uneinig, ob er nicht lieber jetzt gleich ein Haus verlassen sollte, wo ihn ein längerer Aufenthalt vielleicht noch öfter solchen Unannehmlichkeiten aussetzte, als die Tür aufging und der Baron niedergeschlagen und beschämt hereintrat. „Du bist gestern abend nicht zu Tisch gekommen, du hast dich heute noch nicht sehen lassen", hub er an, indem er näherkam, „du zürnst mir; aber sei vernünftig und vergib mir; siehe, es ging mir wunderlich; ich hatte den Tag über zu viel Wein getrunken, war erhitzt, und du kennst meine schwache Seite, da kann ich das Necken nicht lassen. Ich bin gestraft genug, daß der schöne Tag so elend endete und daß mein Haus jetzt vier Wochen lang das Gespräch der Umgegend sein wird. Verbittere mir nicht vollends das Leben, und sei mir wieder freundlich wie zuvor!"

„Lasse lieber die ganze Geschichte ruhen", entgegnete Fröben finster, indem er ihm die Hand bot; „ich liebe es nicht, über dergleichen mich noch weiter auszusprechen, aber morgen will ich fort, weiter; hier bleibe ich nicht länger."

„Sei doch kein Narr!" rief Faldner, der dies nicht erwartet hatte und ernstlich erschrak. „Wegen einer solchen Szene gleich aufbrechen zu wollen! Ich sagte es ja immer, daß du ein solcher Hitzkopf bist. Nein, daraus wird nichts; und hast du mir nicht versprochen zu warten, bis Briefe da sind vom Don in W.? Nein, du darfst mir nicht schon wieder weggehen; und wegen der Gesellschaft hast du dich nicht zu schämen, sie alle, besonders die Frauen, schalten mich tüchtig aus, sie gaben dir völlig recht und sagten, ich sei an allem schuld."

„Wie geht es deiner Frau?" fragte Fröben, um diesen Erinnerungen auszuweichen.

„Ganz hergestellt, es war nur so ein kleiner Schrekken, weil sie fürchtete, wir würden ernstlich aneinandergeraten; sie wartet mit dem Frühstück auf dich; komm jetzt mit herunter und sei vernünftig und nimm Räson an. Ich muß ausreiten, nimm es mir nicht übel, die Mühle kömmt heute in Gang. Du bist also wieder ganz wie zuvor?"

„Nun ja doch!" sagte der junge Mann ärgerlich. „Laß doch einmal die ganze Geschichte ruhen." Er folgte mit sonderbaren Gefühlen, die er selbst nicht recht zu deuten wußte, dem Baron, der vergnügt über die schnelle Versöhnung seines Freundes ihm voraneilte, seiner Frau schnell berichtete, was er ausgerichtet habe, und dann das Schloß verließ, um seine Mühle in Gang zu bringen.

Hatte sich denn heute auf einmal alles so ganz anders gestaltet, oder war er nur selbst anders geworden; Josephens Züge, ihr ganzes Wesen schien Fröben verändert, als er bei ihr eintrat. Eine stille Wehmut, eine weiche Trauer schien über ihr Antlitz ausgegossen, und doch war ihr Lächeln so hold, so traulich, als sie ihn willkommen hieß. Sie schrieb ihr gestriges Übel allzugroßer Anstrengung zu und schien überhaupt von dem ganzen Vorfall nicht gern zu sprechen. Aber Fröben, dem an der guten Meinung seiner Freundin so viel lag, konnte es nicht ertragen, daß sie beinahe geflissentlich seine Erzählung gar nicht berührte: „Nein", rief er, „ich lasse Sie nicht so entschlüpfen, gnädige Frau! An dem Urteil der anderen über mich lag mir wenig; was kümmert es mich, ob solche Alltagsmenschen mich nach ihrem gemeinen Maßstab messen! Aber wahrhaftig, es würde mich unendlich schmerzen, wenn auch Sie mich falsch beurteilten, wenn auch Sie Gedanken Raum gäben, die mich in Ihren Augen so tief herabsetzen müßten, wenn auch Sie die Wahrheit jener Erzählung bezweifelten, die ich freilich solchen Ohren nie hätte preisgeben sollen. O, ich beschwöre Sie, sagen Sie recht aufrichtig, was Sie von mir und jener Geschichte denken?“

Sie sah ihn lange an; ihr schönes, großes Auge füllte sich mit Tränen, sie drückte seine Hand: „O, Fröben, was ich davon denke?“ sagte sie. „Und wenn die ganze Welt an der Wahrheit zweifeln würde, ich wüßte dennoch gewiß, daß Sie wahr gesprochen! Sie wissen ja nicht, wie gut ich Sie kenne!“

Er errötete freudig und küßte ihre Hand. „Wie gütig sind Sie, daß Sie mich nicht verkennen. Und gewiß, ich habe alles, alles genau nach der Wahrheit erzählt.“

„Und dieses Mädchen“, fuhr sie fort, „ist wohl dieselbe, von welcher Sie mir letzthin sagten? Erinnern Sie sich nicht, als wir von Viktor und Klotilde sprachen, daß Sie mir gestanden, Sie liebten hoffnungslos? Ist es dieselbe?“

„Sie ist es“, erwiderte er traurig; „nein, Sie werden mich wegen dieser Torheit nicht auslachen; Sie fühlen zu tief, als daß Sie dies lächerlich finden könnten. Ich weiß alles, was man dagegen sagen kann, ich schalt mich selbst oft genug einen Toren, einen Phantasten, der einem Schatten nachjage; ich weiß ja nicht einmal, ob sie mich liebt –“

„Sie liebt Sie!“ rief Josephe unwillkürlich aus; doch über ihre eigenen Worte errötend, setzte sie hinzu: „Sie muß Sie lieben; glauben Sie denn, so viel Edelmut müsse nicht tiefen Eindruck auf ein Mädchenherz von siebzehn Jahren machen, und in allen ihren Äußerungen, die Sie uns erzählten, liegt, es müßte mich alles trügen, oder es liegt gewiß ein bedeutender Grad von Liebe darin."

Der junge Mann schien mit Entzücken auf ihre Worte zu lauschen. „Wie oft rief ich mir dies selbst zu", sprach er, „wenn ich so ganz ohne Trost war und traurig in die Vergangenheit blickte; aber wozu denn? Vielleicht nur, um mich noch unglücklicher zu machen. Ich habe oft mit mir selbst gekämpft, habe im Gewühl der Menschen Zerstreuung, im Drange der Geschäfte Betäubung gesucht, es wollte mir nie gelingen. Immer schwebte mir jenes holde, unglückliche Wesen vor; mein einziger Wunsch war, sie nur einmal zu sehen. Es ist noch jetzt mein Wunsch, ich darf es Ihnen gestehen, denn Sie wissen mein Gefühl zu würdigen; auch diese Reise unternahm ich nur, weil meine Sehnsucht mich hinaustrieb, sie zu suchen, sie noch einmal zu sehen. Und wie ich denn so recht über diesen Wunsch nachdenke, so finde ich mich sogar oft auf dem Gedanken, sie auf immer zu besitzen! – Sie blicken weg, Josephe? O, ich verstehe; Sie denken, ein Geschöpf, das so tief im Elend war, dessen Verhältnisse so zweideutig sind, dürfe ich nie wählen; Sie denken an das Urteil der Menschen; an alles dies habe auch ich recht oft gedacht, aber so wahr ich lebe, wenn ich sie so wiederfände, wie ich sie verlassen, ich würde niemand als mein Herz fragen. Würden Sie mich denn so strenge beurteilen, Josephe?"

Sie antwortete ihm nicht; noch immer abgewandt, ihre Stirn in die Hand gestützt, bot sie ihm ein Buch hin und bat ihn vorzulesen. Er ergriff es zögernd, er sah sie fragend an; es war das einzige Mal, daß er sich in ihr Betragen nicht recht zu finden wußte; aber sie winkte ihm zu lesen, und er folgte, wiewohl er gern noch länger sein Herz hätte sprechen lassen.

Er las am Anfang zerstreut; aber nach und nach zog ihn der Gegenstand an, entführte seine Gedanken mehr und mehr dem vorigen Gespräch und riß ihn endlich hin, so daß er im Fluß der Rede nicht bemerkte, wie die schöne Frau ihm ein Angesicht voll Wehmut zuwandte, daß ihre Blicke voll Zärtlichkeit an ihm hingen, daß ihr Auge sich oft mit Tränen füllen wollte, die sie nur mühsam wieder unterdrückte.

Spät erst endete er, und Josephe hatte sich soweit gefaßt, daß sie mit Ruhe über das Gelesene sprechen konnte, aber dennoch schien es dem jungen Manne, als ob ihre Stimme hie und da zittere, als ob die frühere gütige Vertraulichkeit, die sie dem Freunde ihres Gatten bewiesen, gewichen sei, er hätte sich unglücklich gefühlt, wenn nicht jener leuchtende Strahl eines wärmeren Gefühles, der aus ihrem Auge hervorbrach, ihn an seiner Beobachtung irregemacht hätte.

Neunundzwanzigstes Kapitel

Da der Baron erst bis Abend zurückkehren wollte, Josephe sich aber nach dieser Vorlesung in ihre Zimmer zurückgezogen hatte, so beschloß Fröben, um diesen quälenden Gedanken auf einige Stunden wenigstens zu entgehen, die heiße Mittagszeit vor der Tafel zu verschlafen.

In jener Laube, die ihm durch so manche schöne Stunde, die er mit der liebenswürdigen Frau hier zugebracht, wert geworden war, legte er sich auf die Moosbank und entschlief bald.

Seine Sorgen hatte er zurückgelassen, sie folgten ihm nicht durch das Tor der Träume; nur liebliche Erinnerungen verschmolzen und mischten sich zu neuen reizenden Bildern; das Mädchen aus St.-Severin-Straße mit ihrer schmelzenden Stimme schwebte zu ihm her und erzählte ihm von ihrer Mutter; er schalt sie, daß sie so lange auf sich habe warten lassen, da er doch ja den Ersten und Fünfzehnten gekommen sei; er wollte sie küssen zur Strafe, sie sträubte sich, er hob den Schleier auf, er hob das schöne Gesichtchen am Kinn empor, und siehe - es war Don Pedro, der sich in des Mädchens Gewänder gesteckt hatte, und Diego, sein Diener, wollte sich totlachen über den herrlichen Spaß. - Dann war er wieder mit einem kühnen Sprung der träumenden Phantasie in Stuttgart in jener Gemäldesammlung. Man hatte sie anders geordnet, er durchsuchte vergebens alle Säle nach dem teuren Bilde; es war nicht zu finden; er weinte, er fing an zu rufen und laut zu klagen; da kam der Galeriediener herbei und bat ihn, stille zu sein und die Bilder nicht zu wecken, die jetzt alle schliefen. Auf einmal sah er in einer Ecke das Bild hängen, aber nicht als Brustbild wie früher, sondern in Lebensgröße; es sah ihn nekkend, mit schelmischen Blicken an, es trat lebendig aus dem Rahmen und umarmte den Unglücklichen; er fühlte einen heißen, langen Kuß auf seinen Lippen.

Wie es zu geschehen pflegt, daß man im Traume zu erwachen glaubt und träumend sich sagt, man habe ja nur geträumt, so schien es auch jetzt dem jungen Manne zu gehen. Er glaubte, von dem langen Kuß erweckt, die Augen zu öffnen, und siehe, auf ihn niedergebeugt hatte sich ein blühendes, rosiges Gesicht, das ihm bekannt schien. Vor Lust des süßen Atems, der liebewarmen Küsse, die er einsog, schloß er wieder die Augen; er hörte ein Geräusch, er schlug sie noch einmal auf und sah eine Gestalt in schwarzem Mantel, schwarzem Hütchen mit grünem Schleier entschweben; als sie eben um eine Ecke biegen wollte, kehrte sie ihm noch einmal des Gesicht zu; es waren die Züge des geliebten Mädchens, und neidisch wie damals hatte sie auch jetzt die Halbmaske vorgenommen. „Ach, es ist ja doch nur ein Traum!“

sagte er lächelnd zu sich, indem er die Augen wieder schließen wollte; aber das Gefühl, erwacht zu sein, das Säuseln des Windes in den Blättern der Laube, das Plätschern des Springbrunnens waren zu deutlich, als daß er davon nicht völlig wach und munter geworden wäre.

Das sonderbare, lebhafte Traumbild stand noch vor seiner Seele; er blickte nach der Ecke, wo sie verschwunden war; er sah die Stelle an, wo sie gestanden, sich über ihn hingebeugt hatte, er glaubte, die Küsse des geliebten Mädchens noch auf den Lippen zu fühlen. „Soweit also ist es mit dir gekommen", sprach er erschreckend zu sich, „daß du sogar im Wachen träumst, daß du sie bei gesunden Sinnen um dich siehst? Zu welchem Wahnwitz soll dies noch führen? Nein, daß man so deutlich träumen könne, hätte ich nie geglaubt. Es ist eine Krankheit des Gehirns, ein Fieber der Phantasie, ja es fehlt nicht viel, so möchte ich sogar behaupten, Traumbilder können Fußtapfen hinterlassen; denn diese Tritte hier im Sande sind nicht von meinem Fuße." Sein Blick fiel auf die Bank, wo er gelegen, er sah ein zierlich gefaltetes Papier und nahm es verwundert auf. Es war ohne Aufschrift, es hatte ganz die Form eines Billet doux; er zauderte einen Augenblick, ob er es öffnen dürfe; aber neugierig, wer sich hier wohl in solcher Form schreiben könnte, entfaltete er das Papier – ein Ring fiel ihm entgegen. Er hielt ihn in der Hand und durchflog den Brief und las:

„Oft bin ich Dir nahe, Du mein edler Retter und Wohltäter; ich umschwebe Dich mit jener unendlichen Liebe, die meine Dankbarkeit anfachte, die selbst mit meinem Leben nicht verglühen wird. Ich weiß, Dein großmütiges Herz schlägt noch immer für mich, Du hast Länder durchstreift, um mich zu suchen, zu finden; doch umsonst bemühst Du Dich

– vergiß ein so unglückliches Geschöpf; was wolltest Du auch mit mir? Wenn auch mein höchstes Glück in dem Gedanken liegt, ganz Dir anzugehören, so kann es ja doch nimmermehr sein! Auf immer! Sagte ich Dir schon damals, ja auf immer liebe ich Dich, aber – das Schicksal will, daß wir getrennt seien auf immer, daß ich nie an Deiner Seite, vielleicht nur in Deiner gütigen Erinnerung leben darf.

Die Bettlerin vom Pont des Arts."

Der junge Mann glaubte noch immer oder aufs neue zu träumen; er sah sich mißtrauisch um, ob seine Phantasie ihn denn so ganz verführt habe, daß er in einer Traumwelt lebe; aber alle Gegenstände um ihn her, die wohlbekannte Laube, die Bank, die Bäume, das Schloß in der Ferne, alles stand noch wie zuvor, er sah, er wachte, er träumte nicht. Und diese Zeilen waren also wirklich vorhanden, waren nicht ein Traumbild seiner Phantasie? „Hat man vielleicht einen Scherz mit mir machen wollen?" fragte er sich dann; „ja gewiß; es kommt wohl alles von Josephe; vielleicht war auch jene Erscheinung nur eine Maske?" Indem er das Papier zusammenrollte, fühlte er den Ring, der in dem Briefchen verborgen gewesen, in seiner Hand. Neugierig zog er ihn hervor, betrachtete ihn und erblaßte. Nein, das wenigstens war keine Täuschung, es war derselbe Ring, den er dem Mädchen in jener Nacht gegeben, als er auf immer von ihr Abschied nahm.

So sehr er auch im ersten Augenblick versucht war, hier an übernatürliche Dinge zu glauben, so erfüllte ihn doch der Gedanke, daß er ein Zeichen von dem geliebten Wesen habe, daß sie ihm nahe sei, mit so hohem Entzücken, daß er nicht mehr an die Worte des Briefes dachte, er zweifelte keinen Augenblick, daß er sie finden werde, er drückte den Ring an die

Lippen, er stürzte aus der Laube in den Garten, und seine Blicke streiften auf allen Wegen, in allen Büschen nach der teuren Gestalt. Aber er spähte vergebens; er fragte die Arbeiter im Garten, die Diener im Schlosse, ob sie keine Fremde gesehen hätten; man hatte sie nicht bemerkt.

Bestürzt, beinahe keiner Überlegung fähig, kam er zu Tische; umsonst forschte Faldner nach dem Grunde seiner verstörten Blicke, umsonst fragte ihn Josephe, ob er denn vielleicht von gestern her so trübe gestimmt sei. „Es ist mir etwas begegnet", antwortete er, „das ich ein Wunder nennen müßte, wenn nicht meine Vernunft sich gegen Aberglauben sträubte."

Dreißigstes Kapitel

Dieser sonderbare Vorfall und die Worte des Briefchens, das er wohl zehnmal des Tages überlas, hatten den jungen Mann ganz tiefsinnig gemacht. Er fing an nachzusinnen, ob es denn möglich sei, daß überirdische Wesen in das Leben der Sterblichen eingreifen können. Wie oft hatte er über jene Schwärmer gelacht, die an Erscheinungen, an Boten aus einer anderen Welt, an Schutzgeister, die den Menschen umschweben, wie an ein Evangelium glaubten. Wie oft hatte er ihnen sogar die physische Unmöglichkeit dargetan, daß körperlose Wesen dennoch sichtbar erscheinen, daß sie dies oder jenes verrichten können. Aber was ihm selbst begegnet war, wie sollte er es deuten? Oft nahm er sich vor, alles zu vergessen, gar nicht mehr daran zu denken, und im nächsten Augenblick quälte er sich ab, seine Erinnerung recht lebhaft vor das Auge treten zu lassen; deutlicher als je erschienen dann wieder ihre Züge, er hatte sie ja gesehen, als sie sich an der Ecke noch einmal umwandte; er hatte den holden Mund, die rosigen Wangen, dieses Kinn, diesen schlanken Hals wiedergesehen! Er holte jenes Bild herbei, er verglich Zug um Zug, er deckte die Hand auf Augen und Stirn der Dame, und es war das holde Gesichtchen, wie es unter der Halbmaske hervorschaute!

Er hatte sich, weil Josephe am nächsten Morgen im Hause allzusehr beschäftigt war, um ihn zu unterhalten, wieder in die Laube gesetzt. Er las, und während des Lesens beschäftigte ihn immer der Gedanke, ob sie ihm wohl wieder erscheinen werde. Die Hitze des Mittags wirkte betäubend auf ihn; mit Mühe suchte er sich wach zu halten, er las eifriger und angestrengter, aber nach und nach sank sein Haupt zurück, das Buch entfiel seinen Händen, er schlief.

Beinahe um dieselbe Zeit wie gestern erwachte er, aber keine Gestalt mit grünem Schleier war weit und breit zu sehen; er lächelte über sich selbst, daß er sie erwartet habe, er stand traurig und unzufrieden auf, um ins Schloß zu gehen, da erblickte er neben sich ein weißes Tuch, das er sich nicht erinnern konnte hingelegt zu haben; er sah es an, es mußte dennoch ihm gehören, denn in der Ecke war sein Namenszug eingenäht. „Wie kommt das Tuch hierher?" rief er bewegt, als er bei genauerer Besichtigung entdeckte, daß es eines jener Tücher sei, die ihm das Mädchen hatte fertigen müssen und die er wie Heiligtümer sorgfältig verschloß. „Soll dies aufs neue ein Zeichen sein?" Er entfaltete das Tuch und suchte, ob nicht vielleicht wieder einige Zeilen eingelegt seien? Es war leer; aber in einer anderen Ecke des Tuches entdeckte er noch einige Lettern, die wie sein Name eingenäht waren; zierlich und nett standen dort die Worte: Auf immer! „Also dennoch hiergewesen!" rief der junge Mann unmutig. „Und ich konnte ihre liebliche Erscheinung schnöderweiser verschlafen? Warum gibt sie mir wohl ein neues Zeichen? Warum diese traurigen Worte wiederholen, die mich schon damals und erst gestern wieder so unglücklich machten?"

Auch heute befragte er nach der Reihe die Domestiken, ob nicht eine fremde Person im Garten gewesen sei? Sie verneinten es einstimmig, und der alte Gärtner sagte, seit drei Stunden sei gar niemand durch den Garten gegangen als nur die gnädige Frau. „Und wie war sie angezogen?" fragte Fröben, auf sonderbare Weise überrascht. „Ach Herr, da fragt Ihr mich zuviel", antwortete der Alte; „sie ist halt angezogen gewesen in vornehmen Kleidern, aber wie, das weiß ich nicht zu beschreiben; als sie vor mir vorbeiging, nickte sie freundlich und sagte: ‚Guten Tag, Jakob.'"

Der junge Mann führte den Alten beiseite: „Ich beschwöre dich", flüsterte er; „trug sie einen grünen Schleier? Hatte sie nicht eine große, schwarze Brille auf?"

Der alte Gärtner sah ihn mißtrauisch und kopfschüttelnd an. „Eine schwarze Brille?" fragte er. „Die gnädige Frau eine große schwarze Brille? Ei du Herr Gott, wo denken Sie hin, sie hat so scharfe, klare Augen wie eine Gemse und soll eine Brille auf der Nase tragen, mit Respekt zu melden, eine große, schwarze Brille, wie sie die alten Weiber in der Kirche auf die Nase klemmen, daß es feiner schnarrt, wenn sie singen? Nein, gnädiger Herr, solch schlechte Gedanken müssen Sie sich aus dem Kopfe schlagen, das ist nichts; und nehmen Sie es nicht für ungütig, aber eine Mütze sollten Sie doch aufsetzen bei dieser Hitze, es ist von wegen des Sonnenstichs." So sprach der Alte und ging kopfschüttelnd weiter; den übrigen Dienstboten aber deutete er mit sehr verdächtiger Bewegung des Zeigefingers ans Hirn an, daß es mit dem jungen Herrn Gast hier oben nicht ganz richtig sein müsse.

Einunddreißigstes Kapitel

Auch jetzt kam Fröben zu keinem anderen Resultat, als daß das Betragen jenes Mädchens, das er so innig liebte, unbegreiflich sei, und dieses rätselhafte Spiel mit seinem Schmerze, mit seiner Sehnsucht beschäftigte ihn so ganz ausschließlich, daß ihm vieles entging, was ihm sonst wohl hätte auffallen müssen. Josephe kam mit verweinten Augen zu Tisch; der Baron war verstimmt und einsilbig und schien seinem inneren Unmut, der ihm um die Stirn lag und deutlich aus den Augen sprach, hie und da durch einen Fluch über die schlechte Küche und die noch schlechtere Haushaltung Luft machen zu müssen. Die unglückliche Frau ließ alles still und geduldig über sich ergehen, sie schickte zuweilen, als wolle sie Hilfe und Trost suchen, einen flüchtigen Blick nach Fröben hinüber; ach, sie bemerkte nicht, wie ihr Gatte diese Blicke belauerte, wie seine Stirn sich röter färbte, wenn er ihre Augen auf diesem Wege traf.

An Fröbens Auge und Ohr ging dies vorüber als etwas, an das er sich schon gewöhnt hatte; er gab sich nicht einmal die Mühe, Josephe um die Ursache dieses Aufbrausens zu befragen. Es fiel ihm nicht auf, daß sie zurückhaltender gegen ihn war im Beisein Faldners; er schrieb es der gewöhnlichen Geschäftigkeit seines Freundes zu, daß ihn dieser in den nächsten Tagen nötigte, mit ihm da und dorthin auf das Gut zu gehen und in Wald und Feld oft einen großen Teil des Tages mit Messungen und Berechnungen hinzubringen. Als er aber eines Morgens, als ihn

Faldner schon gestiefelt und gespornt erwartete, eine kleine Unpäßlichkeit vorschützte, um diesen unangenehmen Feldbesuchen zu entgehen, als er arglos hinwarf, daß er doch Josephen auch einmal wieder vorlesen müsse, da wollte es ihm doch auffallend dünken, daß der Baron unmutig rief: „Nein, sie soll mir nichts mehr lesen, gar nichts mehr. Es geht ohnedies seit einiger Zeit alles konträr. Das könnte ich vollends brauchen, wenn sie den ganzen Morgen mit Lesen zubrächte und solche Romanideen im Kopfe trüge, wie ich schon welche habe spuken sehen. Lies dir in Gottes Namen selbst vor, lieber Fröben, und nimm mir nicht übel, wenn ich mein Weib anders plaziere. Du gehst in den Garten nach dem Frühstück, Josephe, es soll heute Gemüse ausgestochen werden, nachher bist du so gütig und gehst zu Pastors, du bist dort seit lange einen Besuch schuldig." Mit diesen Worten nahm er seine Reitpeitsche vom Tische und schritt davon.

„Was soll denn das? Was hat er denn heute?" fragte Fröben staunend die junge Frau, die kaum ihre Tränen zurückzuhalten vermochte.

„O, er ist so ziemlich wie sonst", erwiderte sie, ohne aufzublicken. „Ihre Anwesenheit hat ihn einige Zeit lang aus dem gewöhnlichen Geleise gebracht; Sie sehen, er ist jetzt wieder wie zuvor."

„Aber mein Gott", rief er unmutig, „so schicken Sie doch eine Magd in den Garten!"

„Ich darf nicht", sagte sie bestimmt, „ich muß selbst zusehen; er will es ja haben."

„Und den Besuch bei Pastors –?"

„Muß ich machen, Sie haben es ja gehört, daß ich ihn machen m u ß; lassen wir das, es ist einmal so. Aber Sie", fuhr Josephe fort, „Sie, mein Freund, scheinen mir seit einigen Tagen verändert, gar nicht mehr so munter, so zutraulich wie früher. Sollten Sie sich vielleicht nicht mehr hier gefallen? Sollte mein Mann, sollte vielleicht ich die Ursache Ihrer Verstimmung sein?" –

Fröben fühlte sich verlegen; er war auf dem Punkte, der Freundin jene sonderbaren Vorfälle im Garten zu gestehen, aber der Gedanke, sich vor der klugen jungen Frau eine Blöße zu geben, hielt ihn zurück. „Sie wissen", sagte er ausweichend, „daß ich in den letzten Tagen Briefe aus S. bekam. Und wenn ich verstimmt erscheine, so tragen diese Briefe allein die Schuld." Sie sah ihn zweifelhaft an; eine Antwort schien auf ihren Lippen zu schweben, aber wie wenn sie den Mangel an Vertrauen in dem Blicke des jungen Mannes gelesen und sich dadurch gekränkt gefühlt hätte, zuckten ihre schönen Lippen und drängten die Antwort zurück; sie zog schweigend die Glocke, befahl ihrer Zofe, ihr Hut und Schirm zu bringen, und ging dann, ohne ihn zu diesem Gange einzuladen, in den Garten an die Arbeit.

Als der junge Mann einige Stunden nachher ebenfalls in den Garten hinabstieg und nach Josephen fragte, hieß es, sie sei zu Pastors gegangen. Er eilte der Laube zu, er setzte sich mit pochendem Herzen nieder. Heute hatte er sich vorgenommen, nicht einzuschlafen. „Ich will doch sehen", sagte er zu sich, „ob dieses Wesen, das mich so geheimnisvoll umschwebt, noch ein drittes Zeichen für mich hat? Ich will mich wie zum Schlummer niederlegen, und so wahr ich lebe, wenn es wieder erscheint, will ich es haschen und schauen, welcher Natur es sei." Er las, bis der Mittag herangekommen war; dann legte er sich nieder und schloß die Augen. Oft wollte sich der Schlummer wirklich über ihn herabsenken, aber Erwartung, Unruhe und sein fester Wille, der die Mohnkörner von ihm fernehielt, ließen ihn wachbleiben. Er mochte wohl eine halbe Stunde so gelegen haben, als die Zweige der Laube rauschten. Er öffnete die Augen kaum ein wenig und sah, wie zwei weiße Hände die Zweige behutsam teilten, vermutlich, um eine Aussicht auf den Schlummernden zu öffnen. Dann knisterten leise, leise Schritte im Sand. Er blickte verstohlen nach dem Eingang der Laube, und sein Herz wollte zerspringen voll freudiger Ungeduld, als er sein Mädchen sah im schwarzen Mantel und Hut, den grünen Schleier zurückgeschlagen, die schwarzen Maskenaugen vor den oberen Teil des schönen Gesichtes gebunden.

Zweiunddreißigstes Kapitel

Sie nahte auf den Zehenspitzen. Er sah, wie auf ihrem Gesicht ein höheres Rot aufstieg, als sie näher trat. Sie betrachtete den Schläfer lange; sie seufzte tief und schien Tränen abzutrocknen. Dann trat sie nahe heran; sie beugte sich über ihn herab, ihr Atem berührte ihn wie ein Himmelsbote, der die Nähe ihrer süßen Lippen ansagte, sie senkte sich tiefer, und ihr Mund legte sich auf den seinigen so sanft, wie Morgenrot sich auf den Hügel senkt.

Da hielt er sich nicht länger; schnell schlang er seinen Arm um ihren Leib, und mit einem kurzen Angstschrei sank sie in die Knie. Er sprang erschrocken auf, er glaubte sie ohnmächtig, aber sie war nur sprachlos und zitterte heftig; er hob sie auf, er zog sie, erfüllt von der Wonne des Wiedersehens, an seiner Seite auf die Bank nieder, er bedeckte ihren Mund mit glühenden Küssen, er drückte sie fest an sich: „O, so habe ich dich wieder, endlich, endlich wieder, du geliebtes Wesen!“ rief er; „du bist kein Trugbild, du lebst, ich halte dich in meinen Armen wie damals und liebe dich wie damals und bin glücklich, selig, denn du liebst ja auch mich!“ Eine hohe Glut bedeckte ihre Wangen, sie sprach nicht, sie suchte vergebens, sich aus seinen Armen zu winden.

„Nein, jetzt lasse ich dich nicht mehr“, sprach er, und Tränen des Glücks hingen an seinen Wimpern; „jetzt halte ich dich fest, und keine Welt darf dich von mir reißen. Und komm, hinweg mit dieser neidischen Maske, ganz will ich dein schönes Antlitz schauen, ach, es lebte ja immer in meinen Träumen!“ Sie schien mit der letzten Kraft die Hand von der Halbmaske abhalten zu wollen, sie atmete schwer, sie rang mit ihm, aber die trunkene Lust des jungen Mannes, nach so langer Entbehrung sich so unaussprechlich glücklich zu wissen, gewährte ihm einen leichten Sieg. Er hielt ihre Arme mit der einen Hand, zitternd stieß er mit der anderen den Hut zurück, band die Maske los und erblickte – die Gattin seines Freundes.

„Josephe!“ rief er, wie in einen Abgrund niedergeschmettert, und seine Gedanken drehten sich im Ringe. „Josephe!“

Bleich, erstarrt, tränenlos saß sie neben ihm und sagte wehmütig lächelnd: „Ja, Josephe.“

„Sie haben mich also getäuscht?“ fragte er bitter, indem alle Hoffnung, alle Seligkeit des vorigen Augenblicks an ihm vorüberflog. „O dieses Possenspiel konnten Sie uns ersparen. Doch“, fuhr er fort, indem ein Gedanke ihn durchblitzte, „um Gottes willen, wo haben Sie den Ring her, woher das Tuch?“

Sie errötete von neuem, sie brach in Tränen aus, sie verbarg ihr Haupt an seiner Brust.

„Nein“, rief er, „Antwort muß ich haben; es ist mein Ring, das Tuch – ich beschwöre Sie, wie kam beides in Ihre Hände, woher haben Sie den Ring?“

„Von dir!“ flüsterte sie, indem sie sich beschämt fester an ihn drückte.

Da fiel ein Lichtstrahl in Fröbens Seele; noch blendete ihn dies zu helle Licht, aber er hob sanft ihr Haupt in die Höhe und sah sie an mit Blicken voll Verwunderung und Liebe. „Du bist es? Träume ich denn wieder?“ sprach er, indem er sie lange angeblickt. „Sagtest du nicht, du seiest mein süßes Mädchen? O Gott, welcher Schleier lag denn auf meinen Augen? Ja, das sind ja deine holden Wangen, das ist ja dein reizender Mund, der mich heute nicht zum ersten Mal küßte!“

Eine hohe Glut bedeckte ihre Wangen. Sie sah ihn voll Wonne und Entzücken an. „Was wäre aus mir geworden ohne dich, du edler Mann“, rief sie, indem sich in Tränen der Schimmer ihrer Augen brach. „Ich bringe dir den Segen meiner guten Mutter, du hast ihre letzten Tage leichtgemacht und die Decke des Elends gelüftet, die so schwer auf ihrer kranken Brust lag. O! Wie kann ich dir danken? Was wäre ich geworden ohne dich! Doch –“ fuhr sie fort, indem sie mit ihren Händen das Gesicht bedeckte, „was bin ich denn geworden, das Weib eines anderen, deines Freundes Weib!“

Er sah, wie ein unendlicher Schmerz ihren Busen hob und senkte, wie durch die zarten Finger ihre Tränen gleich Quellen herabrieselten. Er fühlte, wie innig sie ihn liebe, und kein Gedanke an einen Vorwurf, daß sie einem anderen als ihm gehören könnte, kam in seine Seele. „Es ist so“, sagte er traurig, indem er sie fester an sich drückte, als könne er sie dennoch nicht verlieren. „Es ist so; wir wollen denken, es sollte so sein, es habe so kommen müssen, weil wir vielleicht zu glücklich gewesen wären. Doch in diesem Moment bist du mein, denke, du kommst herüber über den Platz der Arzneischule, und ich erwarte dich; o komm, umarme mich so wie damals, ach, nur noch ein einziges Mal!“

In Erinnerung verloren, hing sie an seinem Hals; hinter ihren düsteren Blicken schien der Gedanke an die Wirklichkeit sich zu verlieren; heller und heller, freundlicher und immer freundlicher schien die Erinnerung aufzutauchen; ein holdes Lächeln zog um ihren Mund und senkte sich auf ihren Wangen in zarte Grübchen. „Und kanntest du mich denn nicht?“ fragte sie lächelnd.

„Und du kanntest mich nicht?“ fragte er, sie voll Zärtlichkeit betrachtend.

„Ach!“ antwortete sie. „Ich hatte mir damals deine Züge recht abgelauscht und tief in mein Herz geschrieben, aber wahrlich, ich hätte dich nimmer erkannt. Es mochte wohl auch daher kommen, daß ich dich nur immer bei Nacht sah, in den Mantel eingewickelt, den Hut tief in der Stirn, und wie konnt' ich auch denken. - Freilich, als du am ersten Abend Faldner zuriefst: ‚Auf Wiedersehen‘, da kam mir der Ton so bekannt vor, als hätte ich ihn schon gehört; aber ich lachte mich immer selbst aus über die törichten Vermutungen. Nachher war es mir hie und da, als müßtest du der sein, den ich meinte; doch zweifelte ich immer wieder; aber als du am Sonntag nur erst Pont des Arts genannt hattest, da ging auf einmal eine eigene Sonne auf deinem Gesichte auf; du schienest ganz in Erinnerung zu leben, und mit den ersten Worten ward es mir klar, daß du, du es bist! Aber freilich, mich konntest du nicht wiedererkennen, nicht wahr, ich bin recht bleich geworden?“

„Josephe“, erwiderte er, „wo waren meine Sinne? Wo mein Auge, mein Ohr, daß ich dich nicht erkannte? Gleich bei deinem ersten Anblick flog ein freudiger Schreck durch meine Seele, du glichst ja ganz jenem Bilde, das ich durch einen wahrhaften Kreislauf der Dinge als dir ähnlich gefunden und geliebt hatte; aber die Entdeckung über das Geschlecht der

Mutter führte mich in eine Irrbahn; ich sah in dir nur noch die ähnliche Tochter der schönen Laura, und oft, während ich neben dir saß, streifte mein Geist ferne, weithin nach – dir!"

„O Gott!" rief Josephe, „ist es denn wahr, ist es möglich? Kannst du mich denn noch lieben?"

„Ob ich es kann? – Aber darf ich denn? Gott im Himmel, du heißt ja Frau von Faldner; sage mir nur um des Himmels willen, wie fügte sich dies alles? Wie hast du auch nicht ein einziges Mal mehr mich erwarten mögen?"

Dreiunddreißigstes Kapitel

Sie stillte ihre Tränen, sie faßte sich mit Mühe, um zu sprechen. „Siehe", sagte sie, „es war, als ob ein feindliches Geschick alles nur so geordnet hätte, um mich recht unglücklich zu machen. Als du weg warst, hatte ich keine Freude mehr. Jene Abende mit dir waren mir so unendlich viel gewesen. Siehe, schon von dem ersten Moment an, als du in der lieben Muttersprache deinen Begleiter um Geld batest, von da an schlug mein Herz für dich; und als du mit so unendlichem Edelmut, mit soviel Zartsinn für uns sorgtest, ach, da hätte ich dich oft an mein Herz schließen und dir gestehen mögen, daß ich dich wie ein höheres Geschöpf anbete. Ich weiß nicht, was mir für dich zu tun zu schwer gewesen wäre; und wie groß, wie edel hast du dich gegen mich benommen! Du gingst, ich weinte lange, denn ein schmerzliches Gefühl sagte mir, daß es auf immer geschieden sei; acht Tage, nachdem du abgereist warst, starb meine arme Mutter sehr schnell. Was du mir damals noch gegeben, reichte hin, meine Mutter zu beerdigen und ihr Andenken nicht in Unehre geraten zu lassen. Eine

Dame, es war die Gräfin Landskron, die in unserer Nachbarschaft wohnte und von uns Armen hörte, ließ mich zu sich kommen. Sie prüfte mich in allem, sie durchschaute die Papiere meiner Mutter, die ich ihr geben mußte, genau; sie schien zufrieden und nahm mich als Gesellschaftsfräulein an. Wir reisten, ich will dir nicht beschreiben, wie mein Herz blutete, als ich dieses Paris verlassen mußte; es fehlten nur noch vierzehn Tage, bis die Zeit um war, die du zu deiner Rückkehr bestimmt hattest; dann wäre ich am Ersten auf den Platz gegangen, hätte dich noch einmal gesprochen, noch einmal von dir Abschied genommen! Es sollte nicht so sein, als wir aus der St.-Severin-Straße über den wohlbekannten Platz der Ecole de Medicine hinfuhren, da wollte mein Herz brechen, und ich sagte zu mir: ‚Auf immer!' Eduard! ich habe nie wieder von dir gehört, dein Name war mir unbekannt, du mußtest ja die Bettlerin längst vergessen haben; ich lebte von der Gnade fremder Leute, ich hatte manches Bittere zu tragen, ich trug es, es war ja nicht das schmerzlichste. Als aber die Gräfin in diese Gegend auf ihr Gut zog, als Faldner sich um mich bewarb, als ich merkte, daß sie es gutmütig für eine gute Versorgung halte, vielleicht auch meiner überdrüssig war – nun, ich war ja nur ein einziges Mal glücklich gewesen, konnte nimmer hoffen, es wieder zu werden, das übrige war ja so gleichgültig –, da wurde ich seine Frau."

„Armes Kind! an diesen Faldner, warum denn gerade du mit so weicher Seele, mit so zartem Sinne, mit so viel gültigem Anspruch auf ein zum mindesten edleres Los, warum gerade du seine Frau? Doch es ist so; Josephe, ich kann, ich darf keinen Tag mehr hier sein; ich habe ihn bei allem, was er Rohes haben mag, einst Freund genannt, bin jetzt sein Gastfreund, und wenn auch alles nicht wäre, wir dürfen ja nicht zusammen glücklich sein!" Es lag ein unendlicher Schmerz in seinen Worten; er küßte die Augen der schönen Frau, nur um durch den Gram, der in ihnen wohnte, nicht noch weicher zu werden. „O, nur noch einen Tag", flüsterte sie zärtlich; „hab' dich ja jetzt eben erst gefunden, und du denkst schon zu entfliehen. Siehe, wenn du weg bist, da verschließt sich wieder die Tür meines Glücks auf immer; ich werde Hartes ertragen müssen, und da muß ich doch ein wenig Erinnerung mir aufsparen, von der ich zehren kann in der endlosen Wüste."

„Höre, ich will Faldner alles gestehen", sprach nach einigem Sinnen der junge Mann, „ich will es ihm alles vormalen, daß es ihn selbst rühren muß; er liebt dich doch nicht, du ihn nicht und bist unglücklich; er soll dich mir abtreten. Mein Haus liegt nicht so schön wie dieses Schloß; meine Güter kannst du vom Belvedere auf dem Dache übersehen, du verließest hier großen Wohlstand, aber wenn du einzögest in mein Haus, wollte ich dir meine Hände als Teppich unterlegen, auf den Händen wollte ich dich tragen, du solltest die Königin sein in meinem Hause und ich dein erster treuer Diener!"

Sie blickte schmerzlich zum Himmel auf, sie weinte heftiger. „Ach ja, wenn ich deines Glaubens wäre, dann ginge es wohl, aber wir sind ja gut katholisch getraut worden, und das scheidet nur der Tod! O du großer Gott, wie unglücklich machen oft diese Gesetze! Welch eine Seligkeit, mit dir, bei dir zu sein, immer für dich zu sorgen, an deinen Blicken zu hängen und alle Tage dir durch zärtliche Liebe ein Tausendteil von dem heimzugeben, was du an meiner lieben Mutter und an mir getan."

„Also dennoch auf immer", erwiderte er traurig; „also nur noch morgen und dann für immer scheiden?"

„Für immer!" hauchte sie kaum hörbar, indem sie ihn fester an ihre Lippen schloß.

„Hier also findet man dich, du niederträchtige Metze!" schrie in diesem Augenblick ein Dritter, der neben dieser Gruppe stand, sie sprangen erschreckt auf; zitternd vor Zorn, knirschend vor Wut, stand der Baron, in der einen Hand ein Papier, in der anderen die Reitpeitsche haltend, die er eben aufhob, um sie über den schönen Nacken der Unglücklichen herabschwirren zu lassen. Fröben fiel ihm in den Arm, entwand ihm mit Mühe die Peitsche und warf sie weit hinweg. „Ich bitte dich", sagte er zu dem Wütenden; „nur hier keine Szene; deine Leute sind im Garten, du schändest dich und dein Haus durch einen solchen Auftritt."

„Was?" schrie jener, „ist mein Haus nicht schon genug geschändet durch diese niederträchtige Person, durch dieses Bettlerpack, das ich in meinem Haus hatte? Meinst du, ich kenne deine Handschrift nicht", fuhr er fort, indem er das Papier hinstreckte; „das ist ja ein süßes Briefchen an den Herrn Galan hier, an den Romanhelden. Also eine Dirne mußte ich heiraten, die du unterhieltest, und als du ihrer satt warst, sollte der ehrliche Faldner sie zur gnädigen Frau machen; dann kommt man nach sechs Monaten so zufällig zum Besuch, um den Hörnern des Gemahls noch einige Enden anzusetzen. Das sollst du mir bezahlen, Schandbube; aber dieses Bettelweib mag immer wieder mit Teller und Laterne sich am Pont des Arts aufstellen oder von deinem Sündenlohn leben. Meine Knechte sollen sie mit Hetzpeitschen vom Hofe jagen!"

Vierunddreißigstes Kapitel

Der Mann von gediegener Bildung hat in solchen Momenten ein entschiedenes Übergewicht über den Rohen, der, von Wut zur Unbesonnenheit hingerissen, unsicher ist, was er beginnen soll. Ein Blick auf Josephe, die bleich, zitternd, sprachlos auf der Moosbank saß, überzeugte Fröben, was hier zu tun sei. Er bot ihr den Arm und führte sie aus der Laube nach dem Schlosse. Wütend sah ihnen der Baron nach; er war im Begriff, seine Knechte zusammenzurufen, um seine Drohung zu erfüllen, aber die Furcht, seine Schande noch größer zu machen, hielt ihn ab. Er rannte hinauf in den Saal, wo Josephe auf dem Sofa lag, ihr weinendes Gesicht in den Kissen verbarg, wo Fröben wie gedankenlos am Fenster stand und hinausstarrte. Scheltend und fluchend rannte jener in dem Saal umher, er verfluchte sich, daß er sein Leben an eine solche Dirne gehängt habe. „Es müßte keine Gerechtigkeit mehr im Lande sein, wenn ich sie mir nicht vom Halse schaffte!" rief er. „Sie hat Taufschein und alles fälschlich angegeben; sie hat sich für ebenbürtig ausgegeben; die Bettlerin, diese Ehe ist null und nichtig!"

„Das wird allerdings das Vernünftigste sein", unterbrach ihn Fröben; „es kommt nur darauf an, wie du es angreifst, um dich nicht noch mehr zu blamieren –"

„Ha, mein Herr!" schrie der Baron in wildem Zorn, „Sie spotten noch über mich, nachdem Sie durch Ihre grenzenlose Frechheit all diese Schande über mich brachten? Folgen Sie mir, zu unserer Scheidung brauchen wir weiter keine Assisen, die kann sogleich abgemacht werden. Folgen Sie!"

Josephe, die diese Worte verstand, sprang auf; sie warf sich vor dem Wütenden nieder, sie beschwor ihn, alles nur über sie ergehen zu lassen; denn sein Freund sei ja ganz unschuldig; sie wies hin auf den Zettel in seiner Hand, den sie erkannte; sie schwor, daß Fröben erst heute erfahren, wer sie sei. Aber der junge Mann selbst unterbrach ihre Fürbitte, er hob sie auf und führte sie zum Sofa zurück. „Ich bin gewohnt", sagte er kaltblütig zum Baron, „bei solchen Gängen zuerst meine Arrangements zu treffen, und du wirst wohl tun, es auch nicht zu unterlassen. Vor allem geht deine Frau jetzt aus dem Schlosse, denn hier will ich sie nicht mehr wissen, wenn ich nicht da bin, sie vor deinen Mißhandlungen zu schützen."

„Du handelst ja hier wie in deinem Eigentum", erwiderte der Baron, vor Zorn lachend; „doch Madame war ja schon vorher dein Eigentum, ich hätte es beinahe vergessen; wohin soll denn der süße Engel gebracht werden? In ein Armenhaus, in ein Spital oder an den nächsten besten Zaun, um ihr Gewerbe fortzusetzen?"

Fröben hörte nicht auf ihn; er wandte sich zu Josephe: „Wohnt die Gräfin noch in der Nähe?" fragte er sie. „Glauben Sie wohl, für die nächsten Tage einen Aufenthalt dort zu finden?"

„Ich will zu ihr gehen", flüsterte sie.

„Gut; Faldner wird die Gnade haben, Sie hinfahren zu lassen, dort erwarten Sie das weitere, ob er einsieht, wie unrecht er uns beiden getan, oder ob er darauf beharrt, sich von Ihnen zu trennen."

Fünfunddreißigstes Kapitel

Josephe war zu der Gräfin abgefahren; der Freund hatte ihr geraten, bei ihrer Ankunft nur einen Besuch von einigen Tagen vorzugeben, indessen wolle er ihr über die Stimmung seines Freundes Nachricht geben und wenn es möglich wäre, ihn bereden, sich mit ihr zu versöhnen. „Nein", rief sie leidenschaftlich, indem sie von der Terrasse an den Wagen hinabstieg, „in diese Tür kehre ich nie mehr zurück, auf ewig wende ich diesen Mauern den Rücken. Glauben Sie, eine Frau vermag viel zu ertragen, ich habe lange dulden müssen, und das Herz wollte mir oft zerspringen, aber heute hat er mich zu tief beleidigt, als daß ich ihm vergeben könnte. Und sollte ich wieder zurückkehren müssen auf den Pont des Arts, die Menschen um ein paar Sous anzuflehen, ich will es lieber tun, als noch länger solche niedrige Behandlung von diesem rohen Menschen mir gefallen zu lassen. Mein Vater war ein tapferer Soldat und ein geachteter Offizier Frankreichs, seine Tochter darf sich nicht bis zur Magd eines Faldner entwürdigen."

Der junge Mann hatte nach ihrer Abreise einige Briefe geschrieben und war gerade mit Ordnen seines kleinen Gepäcks beschäftigt, als Faldner in das Zimmer trat. Fröben sah ihn verwundert an und erwartete neue Angriffe und Ausbrüche seines Zorns. Jener aber sagte: „Ich glaube, je mehr ich diese unglücklichen Zeilen lese, die ich heute mittag auf deinem Zimmer fand, immer mehr, daß du eigentlich doch unschuldig an der miserablen Historie bist, nämlich, daß du vorher nichts wußtest und die Person nicht kanntest; daß ich mein Weib in deinen Armen traf, verzeihe ich dir, denn jene Person hatte aufgehört, mein zu sein, als sie den törichten Brief an dich schrieb."

„Es ist mir wegen unseres alten Verhältnisses erwünscht", antwortet Fröben, „wenn du die Sache so ansiehst, hauptsächlich auch, weil ich dadurch Gelegenheit bekomme, vernünftig und ruhig mit dir über Josephe zu sprechen. Fürs erste mein heiliges Wort, daß zwischen ihr und mir bis heute mittag nie, auch früher nicht, etwas vorging, was im geringsten ihrer Ehre nachteilig wäre; daß sie arm war, daß sie einmal genötigt war, die Hilfe der Menschen anzurufen –"

„Nein, sagt lieber, daß sie bettelte", rief Faldner hitzig, „und nachts auf den Straßen und Brücken der liederlichen Hauptstadt umherzog, um Geld zu verdienen; ich hätte ja schon damals das Vergnügen ihrer näheren Bekanntschaft haben können, ich war ja bei der rührenden Szene auf dem Pont des Arts. Nein, wenn ich dir auch alles glaubte, ich bin dennoch beschimpft; die Familie Faldner und eine Bettlerin!"

„Ihr Vater und ihre Mutter waren von gutem Hause –"

„Fabeln, Dichtung! Daß ich mich so fangen ließ; ebensogut hätte ich die Kellnerin aus der Schenke heiraten können, wenn sie ein Bierglas im Wappen führte und ein falsches Zeugnis ihrer Geburt brächte!"

„Das ist in meinen Augen das geringste bei der Sache; die Hauptsache ist, daß du sie gleich von Anfang an wie eine Magd behandeltest und nicht wie deine Frau; sie konnte dich nicht lieben; ihr paßt nicht füreinander."

„Das ist das rechte Wort", entgegnete der Baron, „wir passen nicht zusammen; der Freiherr von Faldner und eine Bettlerin können nie zusammenpassen. Und jetzt freut es mich erst recht, daß ich meinem

Kopfe folgte und sie so behandelte, die Dirne hat es nicht besser verdient. Ich hab' es ja gleich gesagt, sie hat so etwas Gemeines an sich."

Diese Roheit empörte den jungen Mann, er wollte ihm etwas Bitteres entgegnen, aber er bezwang sich, um Josephen nützlich zu sein. Er redete mit dem Baron ab, was hierin zu tun sei, und sie kamen dahin überein, daß sie die ganze Sache vor die bürgerlichen Gerichte bringen und gegenseitige Abneigung als Grund zur Trennung angeben sollten. Freilich konnte bei ihren Glaubensverhältnissen keiner der beiden Teile hoffen, in einer neuen Verbindung Trost zu finden; aber Josephen, wenn sie auch mit Schrekken in eine hilflose Zukunft blickte, schien kein Los so schwer, daß es nicht gegen die unwürdige Behandlung, die sie in Faldners Hause erduldete, erträglich geschienen hätte, und der Baron, wenn ihn auch in manchen einsamen Stunden Reue anwandelte, suchte Zerstreuung in seinen Geschäften und Trost in dem Gedanken, daß ja niemand seine Schande erfahren habe, eine Bettlerin von zweideutigem Charakter zur Frau von Faldner gemacht zu haben.

Sechsunddreißigstes Kapitel

Einige Wochen nach diesem Vorfall ging Fröben in Mainz, wohin er sich, um doch in Josephens Nähe zu sein, zurückgezogen hatte, auf der Rheinbrücke abends hin und wieder. Er gedachte der sonderbaren Verkettung des Schicksals, er dachte an mancherlei Auswege, die ihn und die geliebte Frau vielleicht noch glücklich machen könnten; da fuhr ein Reisewagen über die Brücke her, dessen wunderlicher Bau die Aufmerksamkeit des jungen Mannes schon von weitem auf sich zog. Bald aber haftete sein Auge nur noch an dem Bedienten, der auf dem Bocke saß; dieses braungelbe, heitere Gesicht, das neugierig um sich schaute, schien ihm ebensobekannt als die grellen Farben der Livree. Als der Wagen, der sich auf der Brücke nur im Schritte weiterbewegen durfte, näher herankam, bemerkte auch der Diener den jungen Mann und rief: „San Jago di Compostella! Das ist er ja selbst!" Er riß das Wagenfenster auf, das ihn von dem Innern des Wagens trennte, und sprach eifrig hinein. Alsobald wurde auf der Seite des Wagens ein Fenster niedergelassen und herausfuhr das wohlbekannte Gesicht Don Pedros de San Montanjo Ligez. Der Wagen hielt; der junge Mann sprang freudig herzu, um den Schlag zu öffnen, und der alte Herr sank in seine Arme. „Wo ist sie, wo habt Ihr sie, die Tochter meiner Laura? O, um der heiligen Jungfrau willen, habt Ihr sie hier? Sagt an, junger Herr! Wo ist sie?"

Der junge Mann schwieg betreten; er führte den Alten auf der Brücke weiter und sagte ihm dann, daß sie nicht weit von dieser Stadt sich aufhalte, und morgen wolle er ihn zu ihr führen.

Der Spanier hatte Freudentränen im Auge. „Wie danke ich Euch für die Nachrichten, die Ihr mir gegeben!" sprach er. „Sobald ich Urlaub bekommen hatte, setzte ich mich mit Diego in den Wagen und ließ mich von W. bis hier täglich sechs Meilen fahren, denn länger hielt ich es nicht aus. Und lebt sie glücklich? Sieht sie ihrer Mutter ähnlich, und was erzählt sie von Laura Tortosi?"

Fröben versprach, auf seinem Zimmer alle seine Fragen zu beantworten. Er ließ, nachdem sich der Spanier ein wenig ausgeruht und umgekleidet hatte, Xeres bringen, schenkte ein, Diego reichte wie damals die Zigarren, und als Don Pedro recht bequem saß, fing der junge Mann seine Erzählung an; zu großem Ärgernis Diegos ließ er seit zwanzig Jahren zum ersten Mal die Zigarre ausgehen, und als der junge Mann an jene empörende Szene zwischen Faldner und der unglücklichen Frau kam, da konnte er sich nicht mehr halten, sein altes südliches Blut kochte auf; er drückte den Hut tief in die Stirn, wickelte den linken Arm in den Mantel und rief mit blitzenden Augen: „Meinen langen Stoßdegen her, Diego, den mach ich kalt, so wahr ich ein guter Christ und spanischer Edelmann bin; ich stech' ihn nieder, und hätte er ein Kruzifix vor der Brust, ich bring ihn um, ohne Absolution und ohne alle Sakramente schick ich ihn zur Hölle, so tu ich. Bring mir mein Schwert, Diego!"

Aber Fröben zog den zitternden, vom Zorne erschöpften Alten zu sich nieder; er suchte ihm begreiflich zu machen, wie dies alles nicht nötig sei, denn Josephe sei schon aus der Gewalt des rohen Menschen befreit und lebe getrennt von ihm. Er holte, um ihn noch mehr zu besänftigen, jenes Bild herbei und entfaltete es vor den staunenden Blicken Pedros. Entzückt betrachtete es der Don. „Ja, sie ist es", rief er, alles übrige vergessend, „meine arme unglückliche Laura!" Und weinend umarmte er den jungen Mann, nannte ihn seinen lieben Sohn und dankte ihm mit gebrochener Stimme für alles, was er an der unglücklichen Mutter und ihrer armen Tochter getan.

Am anderen Morgen brach er mit Fröben nach dem Gute der Gräfin auf. Es war ein rührender Anblick, wie der alte Mann die schöne jugendliche Gestalt Josephens umschlungen hielt, wie er ihre Züge aufmerksam betrachtete, wie seine strengen Züge immer weicher wurden, wie er sie dann gerührt auf Auge und Mund küßte. „Ja, du bist Lauras Tochter!" rief er. „Dein Vater hat dir nichts gegeben als sein blondes Haar, aber das sind ihre lieben Augen, das ist ihr Mund, das sind die schönen Züge der Tortosi! Sei meine Tochter, liebes Kind; ich habe keine Verwandten und bin reich; durch Verwandtschaft, mein Herz und einen zwanzigjährigen Gram gehörst du mir näher an als irgend jemand auf der Erde!" Ihre Blicke, die über seine Schultern weg auf Fröben fielen, schienen diese letztere Behauptung nicht gerade zu bestätigen, aber sie küßte gerührt seine Hand und nannte ihn ihren Oheim, ihren zweiten Vater.

Die Freude des Wiedersehens dauerte übrigens nur wenige Tage. Don Pedro erklärte sehr bestimmt, daß ihn seine Geschäfte nach Portugal riefen, und zugleich schien er gar nicht einzusehen, was Josephen abhalten könnte, ihm dahin zu folgen: Er hegte zu strenge Grundsätze über die Artikel seiner Kirche, als daß er den Gedanken für möglich gehalten hätte, Fröben könne Josephe, die getrennte Gattin eines anderen, zur Frau begehren. Es ist uns nicht bekannt geworden, was die Liebenden über diesen strittigen Punkt verhandelten; nur soviel ist gewiß, daß Fröben einigemal darauf hindeutete, sie solle zum evangelischen Glauben zurückkehren, daß sie jedoch, zwar mit unendlichem Schmerze, aber sehr bestimmt diesen Vorschlag abwies. Oft soll ihr der junge Mann, in Verzweiflung über die herannahende Trennung, vorgeschlagen haben, sie solle Don Pedro ziehen lassen, sie solle für sich leben, in Deutschland bleiben, er wolle, wenn er nicht ihr Gatte werden könne, auf immer als Freund um sie sein. Aber auch dies lehnte sie ab; sie gestand ihm offen, daß sie sich zu schwach fühle, ein solches Verhältnis mit Ehren hinauszuführen, und stolzer gemacht durch ihr Unglück, bebte sie zurück vor dem Gedanken an eine unwürdige Verbindung mit einem Manne, den sie so hochachtete, als sie ihn liebte. Allein mit sich gestand sie sich wohl, daß ein noch edelmütigerer Gedanke ihre Schritte lenke.

„Sollte er“, sagte sie zu sich, „die Blüte des Lebens an ein unglückliches Geschöpf verlieren, das ihm nur Freundin sein darf? Soll er den hohen Genuß häuslicher Freuden, das Glück, Kinder und Enkel um sich zu sammeln, wegen meiner aufgeben? Nein, er hat mich schon einmal verloren, und die Zeit wird auch jetzt seinen Schmerz lindern, er wird ein unglückliches Wesen vergessen, das ewig an ihn denken, ihn lieben, für ihn beten wird.“

So schienen denn jene prophetischen Worte Josephens: „Auf immer!“ in Erfüllung zu gehen. Don Pedro verließ mit seiner neuen Verwandten das Gut der Gräfin, um durch Holland auf die See zu gehen. Fröben, den vielleicht nur der Gedanke, Josephen bald nach Portugal nachzufolgen und dort ihr Freund zu sein, aufrechterhielt, geleitete die Geliebte auf der Reise durch Deutschland und Holland; und so oft sie ihn bat, durch längeres Begleiten die Tage der Trennung nicht noch schwerer zu machen, bat er mit Tränen im Auge: „Nur bis ans Meer und dann auf immer!“

Siebenunddreißigstes Kapitel

Im August dieses Jahres wurde in Ostende ein englisches Schiff klar, das nach Portugal Schiffsgut und Passagiere brachte. Es war ein schöner Morgen, die Nebel hatten sich gesenkt, und die Tage schienen für die Fahrt günstig werden zu wollen. Es war um neun Uhr morgens, als ein Kanonenschuß von dem Engländer herüberschallte, zum Zeichen, daß die Passagiere sich an die Küste begeben sollten. Zu gleicher Zeit ruderte eine Schaluppe heran und warf ihr

Brett aus, um die Reisenden einzunehmen. Vom Lande her kamen viele Personen mit Gepäck, gingen über das Brett, und bald war die Schaluppe voll, und die erste Ladung wurde an Bord gebracht. Ehe noch die Schaluppe zum zweiten Mal anlegte, sah man vier Personen sich dem Strande nähern, die sich durch Gang, Haltung und Kleidung von den übrigen ärmlicheren Passagieren unterschieden. Ein hoher ältlicher Mann ging stolzen Schrittes voraus, er hatte einen breitgekrempten Hut auf und den Mantel so kunstreich und bequem um die Schultern geschlagen, daß ein Schiffer, der ihn kommen sah, ausrief: „Ich laß mich fressen, wenn es kein Spanier ist"; hinter jenem kam ein jüngerer Herr, der eine schöne, schlankgebaute Dame führte. Der junge Herr war sehr bleich, schien einen großen Kummer niederzukämpfen, um durch Zureden einen noch größeren bei der Dame zu beschwichtigen. Ihr schönes Gesicht war um Auge und Stirn von heftigem Weinen gerötet, der Mund schmerzlich eingepreßt und die Wangen und unteren Teile des Gesichtes sehr bleich. Sie ging schwankend, auf den Arm des jungen Mannes gestützt; ein Hütchen mit wallenden Straußfedern; ein wallendes Kleid von schwerem schwarzen Seidenzeug, um Hals und Busen reiche Goldketten schienen nicht zur Reise zu passen, und man konnte daher glauben, daß sie den jungen Mann an Bord begleite; hinter beiden ging ein Diener in bunten Kleidern; er trug einen großen Sonnenschirm unter dem Arme und hatte ein spanisches Netz über seine dunklen Haare gezogen.

Als sie so weit herabgekommen waren, wo der Sand von der vorigen Flut noch feucht war, an die Stelle, wo man das Brett nach der Schaluppe auswarf, blieben sie stehen, und das schöne junge Paar sah nach dem Schiffe, dann sahen sie sich an, und die Dame legte ihr Haupt auf die Schulter des Mannes, daß die Straußfedern um sein Gesicht spielten und seine stillen Tränen den Augen der Neugierigen verbargen. Der alte Herr stand nicht weit davon, wickelte sich, finster auf die See blickend, tief in seinen Mantel, und sein Auge blinkte, man wußte nicht, ob von einer Träne oder dem Widerschein der glänzenden Wellen. Jetzt kam die Schaluppe plätschernd ans Ufer; das Brett wurde ausgeworfen, und ein donnernder Schuß vom Schiffe schreckte das Paar aus seiner Umarmung.

Der alte Herr trat heran, bot dem jungen Manne die Hand, schüttelte sie kräftig und stieg dann schnell über das Brett, sein Diener folgte, nachdem auch er dem Jüngling herzlich die Hand geboten. Jetzt umarmten sich die jungen Leute noch einmal; er wandte sich zuerst los und führte die Dame nach dem Brette. „Auf immer!" flüsterte sie mit wehmütigem Lächeln. „Auf immer!" antwortete der junge Mann, indem er sie bebend mit Tränen ansah. Noch einen Händedruck, und sie wandte sich, das Brett hinanzusteigen.

Schon stand sie oben, der Oberbootsmann, ein breiter Engländer, wartete am Brette, streckte seine breite Hand aus, um die schöne Dame zu empfangen, und hatte schon einige gutgemeinte Trostgründe in Bereitschaft. Da wandte sie von dem unendlichen Meere ihr dunkles Auge noch einmal zurück nach dem jungen Manne. Ihre hohe herrliche Gestalt schwebte kühn auf dem schmalen Brette, ihr schlanker Hals war nach dem Lande zurückgebogen, die schwankenden Federn des Hutes schienen hinüberzugrüßen. Er breitete die Arme aus, in seinen Zügen mischte sich die Seligkeit der Liebe mit dem Schmerze der Trennung. Da schien sie ihrer selbst nicht mehr mächtig zu sein; sie sprang hinab über das

Brett und hinab auf das Land, und ehe der Bootsmann die Hände vor Verwunderung zusammenschlagen konnte, hing sie schon an des jungen Mannes Hals, an seinen Lippen. „Nein, ich kann nicht über das Meer“, rief sie, „ich will bleiben; ich will alles tun, was du willst, will die Fesseln eines Glaubens von mir werfen, der mich hindert, meinem besseren Gefühl zu folgen; du bist mein Vaterland, meine Familie, mein Alles; ich bleibe!“

„Josephe, meine Josephe!“ rief der junge Mann, indem er sie mit stürmischem Entzücken an sein Herz drückte. „Mein, mein auf immer? Ein Gott hat dein Herz gelenkt, o, ich wäre untergegangen unter der Qual dieser Trennung!“ Sie hielten sich noch umschlungen, als der alte Herr mit hastigen Schritten über Bord und das Brett herabstieg und zu der Gruppe trat: „Kinder“, sagte er, „einmal Abschied zu nehmen, wäre genug gewesen; komm, Josephe, es hilft ja doch zu nichts, sie werden gleich zum dritten Mal schießen.“

„Laßt sie mit Stückkugeln schießen, Don Pedro“, rief der junge Mann mit freudig verklärten Zügen, „sie bleibt hier, sie bleibt bei mir.“

„Was höre ich?“ erwiderte jener sehr ernst. „Ich will nicht hoffen, daß dies so ist, wie der Kavalier sagt; du wirst deinem Verwandten folgen, Josephe!“

„Nein!“ rief sie mutig, „als ich dort oben auf dem Rande der Schaluppe stand und hinaussah auf die Fluten, die mich von ihm trennen sollten, da stand fest in mir, was ich zu tun habe; meine Mutter hat mir den Weg gezeigt; sie ist einst dem Manne ihres Herzens in die weite Welt gefolgt, hat Vater und Mutter verlassen aus Liebe; ich weiß, was auch ich zu tun habe; hier steht der, dem meine arme Mutter ihre letzten süßen Stunden, dem ich Leben, Ehre, alles verdanke, und ich sollte ihn verlassen? Grüßet die

Gräber meiner Ahnen in Valencia, Don Pedro, und saget ihnen, daß es noch eine aus dem Stamme der Tortosi gibt, der die Liebe höher gilt als das Leben!“

Don Pedro wurde weich. „So folge deinem Herzen, vielleicht rät es dir besser als ein alter Mann; ich weiß dich zum mindesten glücklich in den Armen dieses edlen Mannes, und sein hoher Sinn bürgt mir dafür, daß ihm unsere Ehre nicht minder hoch als die seine gilt. Aber Don Fröbenio, was werden Sie zu Ihren stolzen Verwandten sagen, wenn Sie dieses Kind des Elends vorstellen? Gott! Werden Sie auch den Mut haben, den Spott der Welt zu ertragen?“

„Fahre wohl, Don Pedro“, sagte der junge Mann mit mutigem Gesicht, indem er jenem die eine Hand zum Abschied bot und mit der anderen die Geliebte umschlang; „seid getrost, und verzaget nicht an mir. Ich werde sie der Welt zeigen, und wenn man mich fragt: Wer war sie denn? So werde ich mit freiem Stolze antworten: Es war die Bettlerin vom Pont des Arts.“

Wilhelm Hauff zum 200. Geburtstag

Wird heute die Frage nach den Werken Wilhelm Hauffs gestellt, werden die meisten sogleich einige Märchen des Dichters aufrufen können, die ihnen seit frühen Kindertagen vertraut sind und sich durch immer neue Auflagen Jahr für Jahr auch nicht so leicht aus der Erinnerung verbannen lassen.
Doch was wissen wir *noch* über den bereits mit knapp fünfundzwanzig Jahren verstorbenen Stuttgarter Autor, was von seinem vielseitigen Gesamtwerk, dem halben Dutzend dicker Bände erzählender Prosa, die der begabte, hübsche und amüsante junge Mensch in nicht mehr als drei schöpferischen Jahren seines kurzen Lebens veröffentlichte? Deren größter Teil ist mittlerweile fast vollständig vergessen und ruht eingestaubt in den Bibliotheken germanistischer Institute, obwohl es zu Lebzeiten des Dichters eine große Begeisterung für seine novellistischen Schriften gab, während seine drei „Mährchenalmanache" weitgehend unbeachtet blieben.
Die Kritik an seinem Werk, den Vorwurf des Trivialen, der Verwendung leicht konsumierbarer literarischer Gattungen und mangelnder das Œuvre durchziehender Einheitlichkeit, ja des nahezu Epigonalen, kennen wir; der Skandal, den sein „Mann im Mond" heraufbeschwor, weil sich der Autor zu parodistischen Zwecken des Pseudonyms eines andern bediente, hat damals zu seiner Bekanntheit beigetragen, ist heute jedoch nicht mehr von Bedeutung. Beides trug ihm den zweifelhaften Ruf ein, er sei ein „Modeautor". – Hauff hatte Vorbilder wie Jean Paul, Ludwig Tieck und E. T. A. Hoffmann, ohne an deren

Zu Wilhelm Hauffs 200. Geburtstag bei Vitalis:

Wilhelm Hauff: **Sämtliche Märchen.**
470 Seiten, 21 x 13 cm, gebunden, reich illustriert von Karel Hruška.
ISBN 3-89919-009-2, € 12,90/sFr 25,80

In seinen drei von 1826 bis 1828 erschienenen „Mährchen-Almanachen für Söhne und Töchter gebildeter Stände" hinterließ Wilhelm Hauff seine über Generationen hinweg frischgebliebenen und vielgelesenen Märchensammlungen Die Karawane, Der Scheik von Alexandria und seine Sklaven sowie Das Wirthaus im Spessart. Die Ausgabe vereint alle Märchendichtungen des Autors und wurde vollständig mit neuen Illustrationen versehen.

Des weiteren in unserem Programm (Auswahl):

Ludwig Bechstein: **Märchen.**
208 Seiten, 21 x 13 cm, gebunden, mit Illustrationen von Ludwig Richter.
ISBN 3-934774-98-9, € 12,40/sFr 24,80

Adelbert von Chamisso: **Peter Schlemihls wunderbare Geschichte.**
112 Seiten, 21 x 13 cm, gebunden, illustriert von Karel Hruška.
ISBN 80-85938-97-9, € 9,90/sFr 19,80

Annette von Droste-Hülshoff: **Die Judenbuche. Eine Kriminalerzählung.**
83 Seiten, 21 x 13 cm, gebunden, illustriert von Karel Hruška.
ISBN 80-85938-93-6, € 9,90/sFr 19,80

Joseph von Eichendorff: **Aus dem Leben eines Taugenichts.**
152 Seiten, 21 x 13 cm, gebunden, illustriert von Karel Hruška.
ISBN 80-85938-92-8, € 9,90/sFr 19,80

Eichendorffs Nachtstücke.
256 Seiten, 21 x 13 cm, gebunden, herausgegeben und mit einem Kommentar versehen von Lothar Pikulik, illustriert von Joachim Pikulik.
ISBN 3-89919-015-7, € 14,90/sFr 29,80

Franz Grillparzer: **Der Arme Spielmann. Novelle.**
78 Seiten, 21 x 13 cm, gebunden, mit Aquarellen von Franz Windhager und einem Vorwort von August Sauer.
ISBN 3-934774-02-4, € 9,90/sFr 19,80

E. T. A. Hoffmann: **Nußknacker und Mausekönig.**
104 Seiten, 21 x 13 cm, gebunden, illustriert von Karel Hruška.
ISBN 80-85938-96-0, € 9,90/sFr 19,80

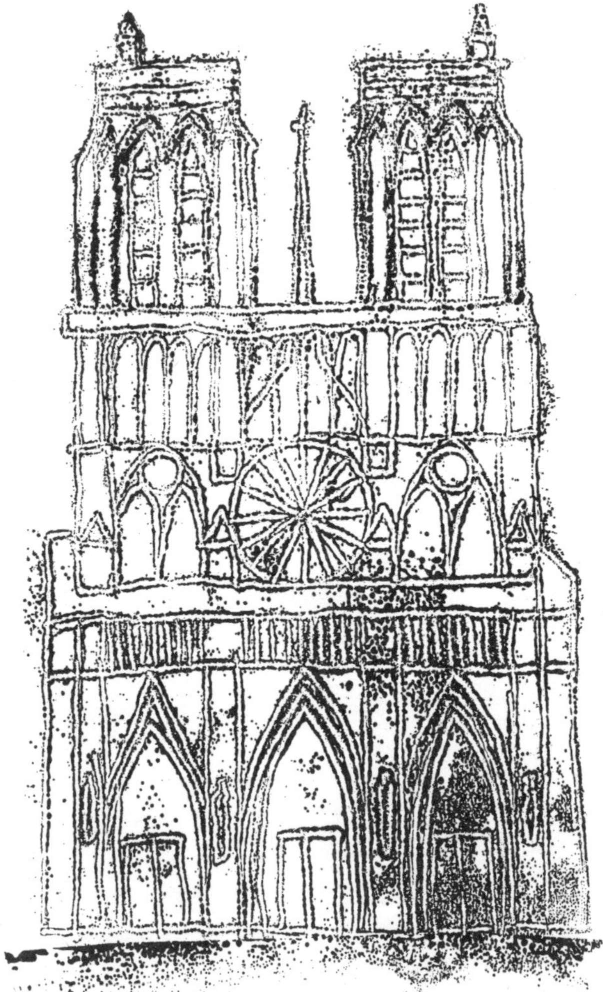